白球は死なず

Baseball Balls Never Die

青春の彷徨

（一）

彼女がバスを降りようと前方の座席から立ち上がったのに気付いた。私は次の停留所で降りる予定だった。そのバス停から歩いて十分の距離に、下宿先である奥田家があったからだ。彼女の後に二、三の乗客が続いた。いずれも前の方の席にいた人たちだ。

私はほぼ真ん中あたり、窓際の席にいたが、慌てて席を立つと、降車客がまだいるかとばかりちらと視線をこちらへ流した運転手に、「あ、降ります」と声を掛けて降車口に走った。

バスはクーラーが効いていてまだしもだったが、降り立つと、むっと真夏の暑気が全身を包んだ。

京都の夏が暑いのは例年のことながら、その年は格別だった。気が急いたこともあり、既にじっとりと脇に汗をかいていた。半分冷や汗混じりだ。

発車したバスを見送る形になったが、私はすぐに視線を反対側に転じた。バスが立ち去った方角には彼女の姿を捉えられなかったからである。

転じた視線の前方十メートル程の所を彼女は歩いていた。私はゆっくりと後を追った。

私が彼女を見染めたのはつい二、三日前のことだ。病院の廊下ですれ違っただけなのだが、一瞬目が合って、どちらからともなく会釈した。利発そうな顔立ちに惹かれた。白衣をつけていたから若い女医かと思ったが、チラと視野に捉えた胸の名札は、「検査室　寺沢」となっていた。病理細菌部門か生化学部門の検査技師だと察した。

果たせるかな、やり過ごしてから背後を振り返ると、奥まった所にある検査棟に彼女の足は向かっている。後を追いたい衝動に駆られながら、辛うじて思い留《とど》まった。

同じ日、幸運にも職員食堂で彼女を見かけた。同僚と思われる若い女性三名と、三十歳前後かと思われる男性二人ばかりに混じって、彼女は自前の弁当を開いていた。

私はと言えば、同じく医学部五回生で夏期研修に来ている同級生のSと並んで、病院食堂のメニューから選び取った冷やし中華をつついていた。

夏期研修は強制的なものではなく、希望者が学生の研修を受け入れている幾つかの関連病院から選択して出向くものだ。私は名古屋が郷里だが帰省する予定はなかったから、京都の下宿に留まって京都市立病院に通っていた。

Sは京都が地元で、洛南高校出身、大学へも実家から通っていた。研修期間は最短一週間、長くて三週間で、幾つでも選べたが、私は循環器と放射線科に絞っていた。Sは循環器と呼吸器科を選んでいた。

循環器科の指導医は不愛想《ぶあいそう》極まりなかった。京都府立医大の助教授から市立病院に転じた人らしかったが、私とS君が京大の学生だと知るや、お前達は何をしに俺の所へ来たと言わんばかり、けんもほろろの態度で、数枚の心電図のコピーを手渡すと、持ち帰ってテキストなり何なり開いて診断をつけて来い、分かったらまたおいで、それまでは来なくていい、と言ってそっぽを向いてしまった。

とりつく島がなかった。私とSは顔を見合わせて苦笑を交わした。我々が期待していたのは、外来や回診に付かせてもらって、この人の打診、聴診、触診の妙技を学び取ることだった。高血圧や心不全の患者では心臓が肥大するとテキストには書いてある。どれくらい肥大しているかは胸部の写真を撮らなくても丹念に打、触、聴診を行えば分かる、とも。心臓に弁膜症などの疾患があれば、聴診で雑音が聴き取れる。どの部位で最も強く聴かれるか、収縮期か拡張期か、その如何で心臓のどの弁がやられているか判断できる、とも。こうした知見を実際の医療現場で体得させてもらえるものと、私もS君もわくわくしていたのだ。そのために、市内の医療機器メーカーに二人で出向いて聴診器まで購入していたというのに。

「がっくりだな。俺はもうこのおっさんの所へ来る気はしないよ」

すごすごと引き揚げて廊下に出たところでSは憤然として言った。

「うん、そうだね」

私は頷いてみせたが、突きつけられた心電図の回答を持ってもう一度だけ来てやろう、さもなければ余りに口惜しいと思った。

京都市立病院の医者は京大か府立医大の出身者がほとんどだが、院長をはじめ、各科のチーフである部長は大方前者が占めていて、後者の前者に対する思いは陰陰滅滅、複雑なものがある、と知ったのは、後刻、Sの口からだった。そしてこの不愛想極まりない循環器科部長は、府立医大出身者としては数少ないチーフの一人で、医局会でも何かにつけ病院の体制、方針に文句をつける不満分子の最たる者だということも。

Sは、呼吸器科の研修予定日を早めてもらうよ、呼吸器科の部長は京大の出身者だから何とかしてくれるだろう、と言った。夜、Sが下宿先に訪ねて来た。呼吸器科部長はいい人で、かくかくしかじかでといきさつを話すと、やはりそうかってえらく同情してくれて、あさってからならいいよと、前倒しを了承してくれた。循環器部長の偏屈振りも色々聴いたよ、と、興奮冷めやらぬ面持ちで喋りまくった。

　私は翌日も病院に出かけた。昼、食堂で見かけた検査室の女性に会いたかったからだ。それに、いまひとつ、身につけたいものがあった。採血の手技だ。患者の腕の静脈に針を刺し、血液を吸い取る手際で、医者になってからでは遅い、医学生のうちにこれを会得したいと思っていた。

　目星はつけてあった。研修の初日、Sとは病院で落ち合ってから循環器部長の部屋に行く予定だったが、私は先に着いたので、Sを待つ間、ロビーから外来診察室の並ぶ廊下を行ったり来たりして時間を潰した。

　その廊下の外れに、「外来採血室」と縦看板に書かれたコーナーがあり、年の頃三十五、六かと思われる小柄な女性がカウンターの向こうに佇《たたず》んでいた。夥《おびただ》しい数の注射器とピペットがカウンターの端に置かれてある。

「採血を」と指示された外来患者は、診察室ではなく、検査項目に看護婦がチェックを入れた伝票を手にこの採血コーナーへ回って腕を出すことになっているという。

　各科の外来が始まるのは九時だから、まだ誰もここを訪れていない。私は彼女に近付き、京大の研修生である旨名乗り、循環器科と放射線科で向後三週間研修の予定だが、空いた時間にここへ来て採血を習わせてもらえないだろうかと持ちかけた。名札で「崎山」という苗字であることを知った。

「助かりますわ、どうぞおいで下さい」

澄んだ目が大きく見開かれて、崎山さんは小粒な白い歯を、控えめにルージュの入った唇の間から見せた。

「採血をなさったことは？」

と崎山さんは続けた。

「いえ、一度もありません」

崎山さんは唇を結んで微笑んだ。えくぼが出来た。

「それでしたら、初めは血管のよく出てる患者さんをお回ししますね」

循環器科の部長には門前払いを食わされたが、部屋を出た時には崎山さんの顔が浮かんでいた。次の放射線科に行くまで一週間、彼女の所へ通おうと思った。

夜、Sが来て、

「ところで君は放射線科へ行くまで、どうする？　呼吸器科の部長に君のことを話したら一緒に来てもいいよと言ってたぞ」

と言ってくれたが、僕は採血コーナーに行くよ、と答えた。そうか、じゃ、昼時、食堂ででも会おうとSは言った。

翌朝、九時前に顔を出すと、崎山さんは驚いて目を丸めた。かくかくしかじかなので一週間、こちらで実習させて下さいと言うと、崎山さんは、こちらこそ宜しく、と言ってくれた。

初めての患者は血管のよく浮き出た中年の男性だった。さすがに緊張したが、崎山さんの手際を暫《しばら》く見てからの試技だったこともあって、一発でとれた。

「その要領。お上手よ」

崎山さんはえくぼをつくって明るい目で言ってくれた。

患者を選んでくれたせいもあろう、十人程の採血を終えた段階で、しくじって崎山さんに回したのは一人だけだった。スピードも大して崎山さんと変わらなかった。もっとも彼女には、伝票を見てピペットに貼るラベルに患者の氏名、今日の年月日を記入する作業があった。私はと言えば採血するだけだからその点楽である。そうして二人で二十本程のピペットをピペット台に立てたところで崎山さんはカウンターの片隅にあった呼び鈴のようなものを押した。

一分と経たず、急ぎ足だが柔らかな足音が近付いたと思ったら、白衣に似た作業着をまとった女性が崎山さんの目前にあらわれた。

「じゃ、まずこれだけお願いします。伝票はこれだけね」

崎山さんはピペット台と検査伝票の束を彼女に手渡した。

胸の名札には〝補助婦〟とある。年格好からは四十台半ばかと思われた。愛想よく「はい」と返して、私にもちらと流し目をくれると、また軽快な足取りで踵《きびす》を返した。

「検査室へ持っていくんですか？」

ほっそりした彼女の後姿を追いながら私は崎山さんに尋ねた。

「ええ、大体一時間毎《ごと》にお願いしているんですよ」

頭の中である思いつきが点火した。

「それは大変だな。僕が持っていきましょうか？」

崎山さんは明るい目のまま苦笑した。

「先生がそんなことをなさらなくても……。それがあの方達のお仕事の一つですから」

翌日も私は九時前に病院に駆け込み、真っ直ぐ崎山さんの所へ赴いた。

午前中に三十人は採血した。どうにも血管を見出せず、一度しくじって崎山さんにSOSを放ったのはほんの二人ばかりで、いずれも太った女性だった。崎山さんはそんな女性の反対側の肘窩《ちゅうか》に血管を探ってものの見事に血液を採取した。今一人の女性は、さすがの崎山さんも一度しくじって、

「ほんと、血管出ないのよねえ」

と首を捻《ひね》った。

「そこで取ってもらったことはないんです」

患者は気の毒そうに崎山さんを、次いで私に流し目をくれて言った。

「いつも手の甲からなんです。それもなかなか取れなくて先生や看護婦さん泣かせなんですよ」

「手の甲は痛いけど、我慢して下さる？」

崎山さんは珍しく眉間に皺《しわ》を寄せて言った。

「いいですよ。やって下さい」

女性は腕を返して手の甲を差し出した。か細い静脈が透見されるが浮き出てはいない。注射針よりも細そうだ。しかし、崎山さんが患者の手首に駆血帯《くけつたい》をかけると、皮膚面から僅《わず》かに注射針程に二、三本の血管が浮き出た。その一本を巧みに捉えて崎山さんは一発で採血に成功した。患者は一瞬顔をしかめたが、

「お上手です」

と、すぐに安堵の面持ちで言った。次の放射線科での実習が始まるまでに、私も一度手背部からの採血に挑戦してみたくなった。昼過ぎに来た最後の患者でそのチャンスを崎山さんはく

れたが、ものの見事にしくじった。患者が縋《すが》るような目で崎山さんを流し見たので、すぐに崎山さんにバトンタッチした。崎山さんは「ほんと、難しそうね」と私を慰めるように言ってくれ、「こちらの手を見せて」と患者の反対側の手首を捉えた。そこも静脈は透見されるだけで浮いたものは一本もなかったが、ピチャピチャと手背を華奢な手ではたくと、狙い定めて崎山さんは注射針を刺入した。ゆっくりと赤黒い血がシリンダーに上がってきた。

「いい時間になってしまったわねえ」

患者が立ち去ったところで、崎山さんが腕を返した。ほっそりとした白い手首に、えんじ色の皮バンドの腕時計がはめられている。

「補助婦さんはもうお昼休みに入ってるわね」

一時前と見て取って彼女は言った。

「僕が検査室に持って行きますよ」

崎山さんがピペット台に手をかけたのを制して私は言った。

「検査室がどんなか、見てみたいですから」

「あら、そーお？」

半ば訝《いぶか》った目を返して崎山さんは言った。

「じゃ、今日は有り難うございました。明日も宜しく」

ピペット立てを奪い取るように手にして私は言った。

検査室は思ったより広かった。だが、見渡す限り人影はちらほらとしかなく、しかも男性ばかりだ。

私に気付いて駆け寄って来たのは三十代半ばかと思われる男性で、「あ、すみません」と私の差し出したピペット立てを恭《うやうや》しく受け取りながら言った。その肩越しに奥の方でもう一人やや年配の男性がこちらに目を向けて軽く会釈した。

「随分広いですねえ」

私は率直な感想を言った。

「検査技師さんは何人おられるのかな?」

「生化学の方ですか?　細胞病理を含めてですか?」

「宮本」と名札に書かれた技師は問い返した。

「あ、生化学の方は何人いらっしゃる?」

「助手もいますから、全部で七人かな?」

上目遣いに指を折りながら宮本さんは言った。

「そんなに！」

私は驚いてみせた。

「でも今は二人くらいしか……」

私は部屋の隅々にまで視線を這わせた。

「皆、食事に行ってます。僕らは居残りで……」

私は納得して踵を返した。

翌日、私は実習の初日に循環器部長が診断をつけて来いと言った数枚の心電図を鞄に忍ばせて病院に出掛けた。この二日間、「心電図の読み方」という、初日の帰りに市内の医学書専門店で見つけた本と首っ引きで何とか診断をつけていた。Sは二度と行かないといきまいたが、私はあのままむざむざ引き下がるのは悔しかったから、せめて投げつけられた宿題の回答は返したかったのだ。

私は採血の準備に余念のない崎山さんに朝の挨拶を告げると、今日はかくかくしかじかで先に循環器部長の所へ行ってきます、一時間以内に戻れると思いますがと続けて、四階の部長室に急いだ。

四は〝死〟に通じるから不吉と患者やその身内が嫌がることを慮《おもんぱか》って四階には病室を設けず、

院長や婦長以下各科部長の部屋、それにミーティングルームなどに当てられていた。

循環器部長の部屋はエレベーターを降りて右手、突き当たりにあった。

ドアをノックすると、覚えのある低いどすの利いた声が返った。一瞬ひるんだが、ここまで来てすごすごと帰るわけにはいかない。

思い切ってノブを回した。

「お早ようございます」

と私は自分を鼓舞するように大きな声で言ったが、部長は無言のままじろりとこちらを見返した。退儀そうに椅子を半回転させただけで。

「この前の宿題を持って来ましたので、見て頂けますか？」

「フン」

と鼻先で鳴らしただけの音が聞こえたような気がしたが、錯覚だったかも知れない。部長はそのままの姿勢で片手だけをこちらに差し出した。どれ、見せてみろ、と言わんばかり。

心電図は五枚あって、右脚ブロック、心室性期外収縮、心房細動、心筋梗塞、左脚ブロックと私は回答した。

「フン」とも「フム」とも聞き取れるやはり鼻先の嘆息めいた声を部長は放った。

「誰の本で勉強した？」

横向きの姿勢のまま流し目をくれて部長は尋ねた。

「あ……主に、五十嵐何とかいう先生の本です」

これには答えず、部長は立ち上がると、壁際の棚をあけて、何やら取り出した。

「次の問題だ」

背を向けた姿勢からこちらに向き直ると部長は手にしたものを無雑作に突き出した。

「今度は少しばかり難しいぞ。全部、不整脈の心電図だ」

「はあ……この前のは、正解でしたでしょうか？」

差し出された数枚の心電図を受け取りながら私は尋ねた。

「ああ、正解だ。左脚ブロックはよく分かったな」

「はい、それが一番難しかったです」

部長はコクコクと頷いてからまた椅子に腰を下ろした。

「君は、循環器を専攻するつもりか？」

唐突な質問だった。

「まだ特には……内科医にはなるつもりですが……」

部長は小さく顎を二度程上下させた。

「ま、しっかりやり給え」

言うなり部長はクルリと椅子を回して背を向けてしまった。

「はあ」

と私は自分にだけ聞こえる程度の声を出して、上背はないががっちりした中年男の上半身に一瞥二瞥くれてから踵を返した。

彼女とすれ違ったのは、エレベーターを降りて真直ぐ崎山さんのいる採血コーナーに足を向け、十数歩も進んだ時だった。

（二）

彼女は一度も後を振り向くことなく、真っ直ぐ前方に目を凝らして歩いていく。背後を振り返ってこちらに気付いたら、私は駆けていって声をかけるつもりでいたが、そうでない限り、二十メートル程の間隔を保って後をつけていくことに決めていた。

五分も歩いたところで、住宅街が消え、左手、やや小高い所に石垣が見えた。五、六十はあろうかと思われる墓標がその中に立っている。

その石垣に沿った道を直角に折れたので彼女の姿を見失い、私は慌てて歩を速めた。角を曲がった時、彼女との距離は十メートル程に縮まっていた。右手には雑木林が広がり、ミンミン、ツクツクと蝉の声がかしましく耳を打った。林と石垣との間は狭い道になっており、肩を並べたら二人がやっと通れるくらいだ。

私はまた少し歩を緩めた。細い道は墓地が尽きたところで丁字路になったが、そのまま彼女は雑木林に沿って真っ直ぐ歩いていく。やがて雑木林が尽き、畑地に変わった。左手には竹林が見えている。人家はその向こうに数軒パラパラと点在しているばかりだ。

彼女の足はその最初の家の前で止まった。何の木か知らないが、彼女の肩先程の生け垣で囲われた庭の向こうの瓦屋根の二階建の家に、心持ちつと視線を上げてからまたすぐに視線を戻して生け垣の内に設けられた、これは彼女の胸のあたりくらいの木戸を押し開いてすっと中に入っていった。生け垣に遮られて、彼女の首から上だけが視野に捉えられた。しかしそれも、やがてガラガラと音を立てた玄関に吸い込まれて見えなくなった。

そこまで確かめると、私は足を止め、ふーと熱い息を一つ、二つ吐いた。

居所を知ったからには慌てる必要はない、とまずは逸《はや》る心に言い聞かせた。明日にでも出直したらどうだ、と一つの声が囁いた。いやいや、日を改めたら出直す勇気が出ないかも知れないぞ、と更にもう一つの声が囁いた。

そのままいずれとも決し得ないで、私は生け垣の前を生きつ戻りつし、時々二階を見上げた。西日が当たるせいだろう、ガラス戸がはめられていると思われるそこには数枚のよしずが軒先にかかって一階の庭に降りている。いかにも真夏の風情だ。

家も外もしんと静まり返っている。私は逡巡を断ち切って今し方彼女が押し開いた生け垣の開き戸に手をかけた。何の変哲もない、錠の仕掛けもない、押せば開くがまたもとに戻るバネ仕掛けのような木製の扉だ。

そうして足を一歩庭に踏み入れた時だった。不意に前方に物音がして玄関がガラガラッと開いたかと思うと、半袖半ズボンの涼し気な作務衣《さむえ》姿の男性が現われた。

私は一瞬ギクッとして立ちすくんだ。刹那、その男性も私に気付いて踏み出した足を止めた。広い額に眼鏡がかかって、上背は一七一センチの私とどっこいどっこいと思われる。五十代半ばかと思われる品のよい男性だった。

向こうは〝おや〟とばかり私を凝視したまま動き出す気配を見せなかったので、私は黙礼して玄関まで延びている石畳の歩道に踏み出した。

「今日は」

訝った、しかし、決して咎める風ではない目で私を見すえている相手に一メートルと近付いた所で立ち止まって私は挨拶した。

「今日は……」

と相手は少しだけ顎を落とし、私の半分の小さな声で返した。

「突然、すみません」

私はもう一度頭を下げた。

「はい……？」

と相手はやはり小声で返した。

「僕は、高坂という者で、お嬢さんが勤めておられる病院で夏期実習をさせてもらっています。目下は外来の採血コーナーで研修しています」

「ああ」

と相手は漸《ようや》く納得のいく表情で頷いた。

「では、京大か府立医大の学生さん？」

「はい、京大医学部の五回生です」

男の目に微笑が浮かんだ。

（彼女の造作はこの人譲りだ）

当たって砕けろだ！　と意気込んできた私だったが、胸の高鳴りが収まってくるのを覚え、男の顔をゆっくり観察するゆとりが生まれていた。

「それはそれは……で、娘に何か、ご用でしょうか？　娘も、たった今帰ってきたところですが……」

後を追ってきたとは言えなかった。

私は生唾を一つ二つ呑み込み、清水の舞台から飛び降りる思いで言った。

「お嬢さんと、お付き合いさせて頂けないでしょうか？」

「え!?」

と寺沢氏が驚愕の声を放ったように思ったが、はっきり耳に捉えた訳ではない。目にはさ程驚きの表情は走らなかったから、私の錯覚だったかも知れない。

「娘は、そのことを、了解しているのでしょうか？」

私の問いかけの意味を咀しゃくするかのように口もとを二度三度うごめかしてから寺沢氏は問い返した。

「いえ……」

口ごもったが、相手の目がかげってはいないのを見届けて、私は勇を得た。

「病院でお見かけしただけで、何も……」

「そうですか――でも、娘はあなたのお顔を存じてはいるんですね？」

「ええ、お会いすれば、思い出して頂けると思います」

寺沢氏は口もとを引き締め、無言のまま自得するようにこくこくと小さな頷きを繰り返した。

と、その時、寺沢氏の背後に人の気配がした。

（彼女か……？）

と私は身構えたが、寺沢氏が半開きにしたままの玄関に現れたのは、彼女よりも年長で体つきもっとふくよかな女性だった。

寺沢氏が背後を振り返るのと、目の合った彼女に私が黙礼するのがほとんど同時だった。一瞬遅れてやはり黙礼を返してから、

「お父さん、どなた……？」

と女性は言った。

「ああ、京大の学生さんでタカサカさんと仰る方なんだが……」

「入って頂いたら」

私は慌てて右手を頬の辺りに上げて小さく振った。

「今日はこれで失礼します」

「えっ……!?」

と二人が異口同音に小さな声を挙げたように聞こえた。

それは聞き流し、私はいかにも未練無さげにさっと二人に背を向けて門に向かった。開き戸を押し開いて外に出たところでクルリと体を回し、もう一度二人に一礼した。父と娘は佇んだままこちらに視線を凝らしていたが、私の黙礼にはっと我に返ったように、同時に礼を返した。娘は涼し気な水玉模様のワンピースをまとっていた。露わな二の腕はふくよかで、ワンピースに覆われた肩先から胸までまろやかだった。

後髪を引かれる思いで引き返しながら、彼女の姿が脳裏に焼き付いて離れなかった。

（三）

翌日、私はいつも通り採血コーナーに直行し、崎山さんの傍らで採血に取り組んだ。三十人程試みたが、やはり二人程しくじった。いや、正確にはそうではない。一人はまるで血管の出ていない患者で、最初から無理と諦めて崎山さんに回した。いま一人は、やはり肘窩では血管を探り得ず、手背部に浮き出ている血管に針を刺入したが、一瞬逆流を見てしめたと思ったのも束の間、幾らピストンを引いてもシリンダーに血は昇って来なかった。患者が眉を寄せて私を見、次いで崎山さんに哀訴するような目を流したので、すぐに注射器を引き抜いて崎山さんにバトンタッチした。

私が血管を探り得なかった患者は上背は百五十センチあるかなしかだったが、丸々と肥えて、優に八十キロ以上はあろうかと思われる糖尿病の中年女性だった。

「この方はねえ、ほんとに出ないのよね。また温めましょ」

崎山さんはそう言って席を外し、内科外来の診察室に入っていくと、一、二分で洗面器を抱えて戻って来た。

「はい、五分程ここに腕と手をつけてて」

湯気の立っている洗面器を採血台の端に置くと、崎山さんは患者をそちらへ促した。

五分の間に、崎山さんも私も五、六人の採血を終えた。

「血管の出てる人、羨ましいなあ」

件《くだん》の太った患者が熱湯で赤くなった丸太のような腕をさすりながら誰にともなく言った。

「秋山さん、入院しないようにね。先生や看護婦さん泣かせよ」

ぽっちゃりした手背に翼状針を刺し入れて見事血管を捉えたところで崎山さんは言った。

「その時は崎山さんに来てもらうわ」

秋山と知れた患者は同意を求めるように私にちらと一瞥をくれた。私は頷いたが、崎山さんがすかさず首を振った。

「そんな、私は病棟の看護婦さんのお手伝いなど出来ないから駄目よ」

「えっ、そうなの？」

秋山さんは不服そうに口を尖らせた。

正午を過ぎたところで患者が引けた。週の中日は比較的外来患者は少ないのだと崎山さんは言った。

「後はやっておきますから、どうぞ食事にいらして」

口ばかりではない、手でも崎山さんは促したが、私は二の足を踏んだ。このまま食堂に直行すれば、検査室の彼女とはまず会えないだろうと思われたからだ。

昨夜は一晩中悩んだ。早々に引き揚げてしまったことがまず悔まれた。父親の感触は悪くなかった。姉なる人の私を見る目も優しかった。「入って頂いたら」という彼女の提案に、私が即座に遠慮する素振りを見せなかったら、父親は多分頷いて私を家の中に招き入れただろう。そうして、次女と知った彼女に引き合わせただろう。

否、それは甘い、とも考え直した。姉なる人は私が何故彼女の家を訪ねたか知らない。だから気楽に「入って頂いたら」と言えただけで、既に私の目的を知った父親は、そうおいそれとは私を中に入れなかったかも知れない。私がもしどうしたものか迷ったまま佇んでいたら、父親はきっと長女を制してこう言っただろう。

「ご来訪の向きは分かりました。娘に伝え、明日にでも病院でご返事させます」

その〝明日〟が終わろうとしている。いや、まだ半日も終わっていないが、私は今週一杯は午前中で退出しなければならない。崎山さんの採血業務は午前の外来診療と共に終わるからだ。

食堂に降りてランチを取り終えたら、病院でぶらぶらしている訳にはいかないから帰るしかない。まさか、検査室に出むいて寺沢秋子に面会を求め、昨日父親に託した申し出の返事を求めるというのも無謀過ぎる気がした。もしそこでノーと言われた日にはたまったもんじゃない、翌日から病院に出てくるのも億劫になるだろう。

時間稼ぎに寄ったトイレであれやこれやの思わくを巡らしていたが、今日は駄目でも明日がある、明日には何か返事をくれるかも知れない、明日に望みをつなごう。そう思い定めてトイレを出た時だった。目の前に寺沢秋子が立っていた。

「これを」

と彼女は、驚いて棒立ちになった私に歩み寄ると、手にしていた封筒のようなものを素早く差し出した。

「読んで下さい」

私がそれを受け取ると、こう続けて彼女はさっと白衣の裾を翻《ひるがえ》した。

私は置きざりにされた思いで暫く茫然と佇んだまま、小走りに検査室へ走り去る彼女の後姿を追っていた。

嫌な予感がした。これはもうてっきりノーの返事に相違ないと思った。薄い封筒の中味は多分一枚限りの便箋で、断りの一言なり二言なりが書かれてあるだけだろう、と。

彼女の姿が視野から消えたところで、私はそっと封を開いた。案の定、いかにも女ものと思われる花模様の透かしが入った便箋が二つ折りにされて一枚だけあった。

細字のペンで書かれた文字が透けて見えた。

私は観念した。開くまでもないと思ったが、思い切って開いた。


昨日は折角おいで頂いたのに何のおもてなしもできず、失礼しました。

今夜八時に左記へお電話下さい。

寺沢秋子

目を疑った。二度三度読み返した。じわりと、喜びが胸にこみ上げた。封書を差し出した時の彼女の強張った面持ちからは、てっきり拒絶の手紙が入っていると思われたからだ。

「折角のお申し出ですが、私には意中の人がいますので、お受け出来ません」

とか、そんな内容ではないかと覚悟していたのだが。

(少なくとも拒絶ではない)

だが、胸に満ちて来る喜びに私はセーブをかけた。

（今夜八時までは分からない。そこで丁重な断りを入れられるかも）

「高坂、何をしとる？」

不意に背後から呼びかけられて、私ははっと我に返った。Sが私の手許《てもと》をのぞき込んでいる。

「何だい、それは。ラブレターか？」

私は慌てて手紙を封に納め、白衣のポケットにねじ込んだ。

「いや、そんなもんじゃない。どうしたんだ？」

「小便をしてから君の様子を見に行こうと思ってたんだ。今日はもう終わったのかい？」

「ああ……」

「じゃ、一緒に飯を食おう？」

「うん」

午後も実習があるSを私は羨ましく思った。Sが小用を足している間、八時までの時間をどこで潰すか、電話はどこからかけるか、思い悩んだ。下宿に電話はあるが、家主の居間にしかなく、そこでかけるのはためらわれた。時々郷里の親から電話が入ると取り次いでくれるが、内容は筒抜けだ。親とのやり取りは聞かれて困ることは何もないのだが、寺沢秋子とのそれはまずい。予期に反して拒絶の言葉が返ってきたら、何ともばつが悪い思いで受話器を置くことになる。

「行こうか」

Sの声に私はもう一度我に返った。

（四）

昼食をSと摂った私は、午後も実習があるというSと別れ、京極界隈に出た。そこには「美松大劇」「美松名劇」という二つの映画館が並んであり、私は大概日曜日には後者に入った。「大劇」の方はピンク映画を専《もっぱ》らとしていたが、「名劇」は往年評判を取った洋画をリバイバル上映していた。「戦場にかける橋」「哀愁」「終着駅」「ローマの休日」等々。

平日に行くことはなかったが、この日ばかりは例外だった。八時まで七時間もある。時間を潰す術は映画しか思いつかなかった。映画を観終わったら四条河原町辺りに出て本屋をのぞき、その近辺で夕食をとり、通りに出て公衆電話を捜す算段だった。

「名劇」では「風と共に去りぬ」を上映中のはずで、休憩を挟んで四時間に及ぶ大作と聞いている。時間潰しにはうってつけだ。

「哀愁」のヴィヴィアン・リーのハリウッドでの初出演作だ。ヴィヴィアンにぞっこん惚れた私は、彼女が演じたたおやかなヒロインのイメージが損なわれることを恐れて、「風と共に去りぬ」は見に行こうかどうか迷っていた。何故ならヒロインは勝気で男勝りと新聞の映画紹介で読んだ記憶があったからだ。

映画館に行ってみると、上映時間は一日二回で午前の部は終わりかけ、午後は四時からとなっている。二時間近くもあるが、私は四条通りに出て喫茶店を捜した。そこで時間を潰し、余った時間で書店をのぞき、ついでに公衆電話の在り場所を探すことにした。

予定通り事は運んだ。公衆電話は「美松名劇」から歩いて十分程、河原町通り沿いにあった。そこと見定めてから映画館に赴いた。

平日の午後だけに観客はまばらだった。

ヴィヴィアン演じるスカーレット・オハラは、やはり行動的で活発な性格で、〝哀愁〟のヒロインの控え目で初《うぶ》な女性像とは対照的だったから、懸念した通りヴィヴィアンのイメージが損なわれた思いだったが、映画自体は退屈せずに見れた。

延々と続くエンディングロールを最後まで見ることはせず、映画館を出た。入った時は白日で汗ばむ程だったが、外に出ると日はすっかり暮れて通りには明かりが点っていた。八時を回りかけていた。

私は急ぎ足で昼間に目星を付けていた方角に向かった。

迷うことなく電話ボックスに辿り着いたが、運悪く先客に占められている。私と同年配かと思われる若者だ。私がボックスに近付いて足を止めたのを見るや、横向きの姿勢を九十度入れ代えて男は私に背を向けた。

通りの店々には明かりやネオンが点り、人通りも多くなっている。

ほんの一、二分で終わるかと思いきや、こちらに背を向けたまま、ボックスの男はいっかな受話器を置く気配がない。私は苛立ってボックスの前を行ったり来たりし始めたが、更に二、三分過ぎても男は話し終わらない。それどころか、手にした数枚の百円硬貨をつぎ足している。

私は他に電話ボックスがないか遠くを見すえたがそれらしきは見当たらない。

夕食はこの界隈のレストランで摂るつもりだから、そこに入って電話を借りようかとも思ったが、賑わしい店内で内々の話をするのもためらわれた。

八時を十分も過ぎた。男はもう五分以上、首を振ったり肩を揺らしたりしながら、しかし相変わらず向こうを向いたまま話し続けている。ドアを押し開いて「いい加減にしろ！　待っているのは分かっているだろ」と怒鳴りつけたくなった。

こちらに近付いてくるやはり学生風の男に気付いた。ボックスを、次いで私を見て男は足を止めた。

「もう五分以上待っているんですが、長々と話し込んでいるんですよ」

私はつい愚痴を漏らした。男は私の肩越しにもう一度ボックスを見ると、苦笑を漏らしてUターンした。

ボックスの男が出て来たのはそれから二、三分もしてからで、腕時計は八時十三分を示していた。

私はボックスを出て来た男を睨みすえたが、相手は素知らぬ顔で私の傍らをすり抜けた。無礼な奴だ。これだけ待たせたのだから「お待たせしてすみませんでした」とか、たとえ言葉には出さなくとも一礼くらいはすべきだろうに。

私は男の体臭がこもっているであろうボックスにすぐに入る気にはなれず、ドアを半開きにしたまま一息二息、三息までついた。苛だっていた気を鎮めるのと、俄かに鼓動を打ち始めた胸の高鳴りを抑える意味もあった。

ふと背後を振り返ると、先刻までボックスを占めていた男と入れ替わるように、私がつい愚痴を漏らしてしまった学生風の男がこちらに向かってくるのが目にとまった。

私は慌ててボックスに入り、寺沢秋子から手渡された便箋をポケットから取り出した。

コール音が五、六回鳴っても応答がない。十数分の間に何か用事が入ったのだろうか？　だとしたら厄介だ、かけ直すとしても、もうボックスに近づいて立ち止まった待ち人に譲ってからのことになる、と、そんなことが脳裏をかすめた時、コール音が止んだ。

「もしもし、寺沢です」

紛れもない彼女の声のはずだが、それにしてはいかにも落ち着いた声だ。

(ひょっとして！)

思えば私は寺沢秋子の声を一度限り短く聞いただけで、定かには覚えていない。それより、電話の声の方に聞き覚えがあるような気がした。

心臓が更に高鳴り、ドキンと音を立てた。

「あ……高坂という者ですが……」

どぎまぎして私は少しとちりながら返した。

「あ、はい、妹の秋子ですね？　ちょっとお待ち下さい」

遠くでテレビの音が聞こえる。プロ野球の中継らしい。ボリュームが下がり、代わりに

「秋ちゃーん、高坂さんから電話よ！」

と、どうやら階上に向かって呼びかけているらしい声が響いた。紛れもなく、昨日、二言三言耳にした姉なる人の声だ。そぞろ懐かしい気がした。父親の傍らに立っていたふくよかなたたずまいが思い出された。

「すみません、お待たせして……」

先の声とは確かに違う、やや急いた感じの澄んだ声が姉なる人の幻影を吹き払った。

「いや、こちらこそ」

私は我に返った。

「今、四条河原町の公衆電話からかけているんですけど、先客がいて、彼が長々と話し込んでいたものだから……」

「あ、はい……すみません、勝手に時間を指定したりして……」

「今週一杯は、――と言ってもあしたまでだけど、実習は午前中で終わるものだから、八時までどうやって潰したものか、悩みました」

「そうでしたか？　すみません、そうとは知らなくて……」

彼女が受話器を手にしたまま頭を下げている姿が思い浮かんだが、妹を呼びにいった姉はどこへ行ったのだろう、階下に居たことは確かだが、かすかに聞こえるテレビの野球中継に父親と一緒に見入っているのだろうか、と想像を巡らせてもいた。

沈黙がわだかまった。八時までの時間をどうやって潰したか説明しようとしたが、寺沢秋子は映画に興味がないかも知れないと思い留まった。

「父に仰って下さったことですけど……」

沈黙を破ったのは彼女の方だった。

「不躾《ぶしつけ》に、すみませんでした」

語尾が長引くのを恐れて私はすかさず返した。

「いえ、父から聞いた時はびっくりしましたけど、良さそうな方だ、お受けしなさいと父も言ってくれましたので……」

安堵が胸に降りた。しかし、歓喜が胸に満ち溢《あふ》れたかというと、そうでもない、むしろ、ほっこりした感じだった。

（五）

私と秋子は週末毎にデートを繰り返した。私は京都に五年住みながら、高校でもう解放されたかと思った物理や化学はさておき、数学、数理統計学まで履修しなければならない、しかも赤点一つ取れば落第という、受験時代さながらの教養課程のカリキュラムをこなすのに必死で、何とかそれらをクリアして専門課程に進んだは進んだで、生理学、生化学といった性に合わない基礎医学の講義に難渋、更には、医学生としての禊《みそぎ》みたいな屍体解剖実習に追われ、およそ遊んでいる暇はなかった。唯一の息抜きは、日曜毎に京極の「美松名劇」や、時に「祇園会館」で上映中の映画を見に行くことくらいだった。

そんな訳だから、たまに郷里の名古屋に帰省した時などに従兄妹の家へ寄って、

「憲ちゃんはいいわね。京都は名所旧跡が沢山あって、今度訪ねて行ったら色々案内してね」

と叔母などに言われても、困惑するばかりだった。金閣寺や銀閣寺、その他、叔母が口にする名刹の類がどこにあるかも知らなかった。

寺沢秋子もすぐに私のそうした無粋振りに気付き、半ば呆れ、半ば喜んだ。生まれながらに京都育ちの彼女は、言うまでもなく叔母達が口にする名刹の数々も知っており、じゃ、皆さんがいらしたら案内できるように私がお教えしますね、と言って、手短かな銀閣寺、金閣寺を最初のデート先に選んだ。

私は寺社仏閣には余り興味がなかったが、秋に女学校時代の友達と京都で同期会を開くことになったからお邪魔していいかな、自慢の甥っ子を紹介したいし、などと、叔母から電話が入ったこともあって、寺沢秋子の薦めに素直に従った。

私はと言えば、映画に誘うしか術がなかった。だから、二度目のデート先を決める話になって、次は高坂さんのお好きな所と言われて思い浮かんだのは映画館だった。「美松名劇」は「風と共に去りぬ」がまだ暫く上映中で、私は既に見終わっていたから、時に足を運ぶことがあった「祇園会館」が頭に浮かんだ。「名劇」は洋画が主だったが、「祇園会館」は専ら邦画を上映していた。やはり往年の名画が主だったが、私は邦画は余り気乗りがしなかった。

しかし、祇園会館の前には円山公園が広がっている。ちょっと行った角には、父母が来たとき寄ったことのあるフルーツパーラーがある。映画の前後かにそこへ寄って時間を潰し、門限は十時と言われていますす、ということだから、夕食を共にして別れたらいい、と考えた。

祇園会館も上映していたのは邦画でも専らリバイバルもので、二度目のデートで見たのは木下恵介監督の「青い山脈」だった。女学生達の白いブラウスに紺のプリーツ姿が清楚で眩しかった。演ずる女優達の胸もとは、ブラウスを弾く程豊満ではなく、つつましやかで、秋子の胸に似ていると思った。

来週のデートはどうしようかと、別れ際尋ねた私に、父が一度高坂さんとお話ししたいと言ってました、ウチへいらして頂けませんか、と一瞬ためらいを見せてから秋子は言った。私も一瞬迷ったが、秋子とダブる父親と、その傍らにいた、水玉模様のワンピースの胸もとが弾かれんばかりであった人の面影が浮かんで迷いをふっ切った。

「一度いらしたから、ウチは分かりますよね？」

続いて「いいですよ」と返した私に、秋子がすかさず言って、更に続けた。

「私の家の百メートル程手前にお墓がありましたでしょ？」

「ああ、あったね。丁字路の角に……」

「そこで、正午にお待ちしてます」

「正午……？」

「簡単な冷麵くらいですけど、父がご一緒に食べて頂いたらと言ってましたので」

落ち合い場所から父親との会食のこと、三度目のデートは秋子の中では既に計画済みだったのだ。直接彼女の家の玄関を叩くのは気が引けたが、ワンクッション置いて墓場で落ち合ってから秋子と一緒に家へ入っていくのは気が楽だと思った。

（六）

週明けと共に忙しくなった。放射線科での実習が始まり、午前九時から昼の休憩を挟んで午後は五時近くまでみっちり仕込まれたからだ。

午前中は暗室での胃透視撮影で、森川部長の背後に張りついてその一挙手一投足を目で追うのだが、細身の体にプロテクターをつけて立ちっ放しの作業だから結構こたえる。

森川さんは京大放射線科の助教授から去年市民病院に移った人だ。痩身長軀、顔も細面で、一見無愛想でとっつき難い感じだ。実際、笑う材料がないからかも知れないが、笑顔はまるで見られない。

私は崎山さんの明るい顔が見たくなって、正午を半時も過ぎ、もう終わっているかもと思いながら、食堂へ降りる前に採血コーナーに急いだ。

週明けだけに患者は多く、ロビーにはまだ相当な数の患者がいる。診察診療は終えたが、会計を待っている人達だ。

果たせるかな、崎山さんの前には三、四人の患者が待っており、崎山さんは今しも中年の男性患者の採血をし終えたところだった。

私に気付くと、崎山さんは「あらっ」という感じで目をぱちくりさせ、にっこり微笑んだ。

私は肩のしこりがほぐされた感じで会釈を返し、彼女の傍らに寄った。

二人ばかり採血させてもらった。

食堂でSと出会った。久し振りな気がした。Sもそう言って、

「どうだい、放射線科は？　森川さん、気難しいだろ？」

と問いかけた。

「うん、まあね。まだよく分からないが……」

と私は答えた。

「何せ、講義の時は棒のように突っ立ってにこりともしなかったからな。直接患者を診ない医者は、ああいう無表情な人間になるのかと思ったよ」

Sは冗舌に喋った。呼吸器科の実習に満ち足りている様子だった。

確かに森川部長は笑わない人だった。午後からは午前中に撮った胃透視のフィルムの読影の講義だった。

暗室で森川部長の肩越しに見た限りでは定かでなかったが、シャウカステンにかけられた現像後のフィルムでは、胃小区と呼ばれる蜂の巣さながらの粘膜の微細な構造まで綺麗に映し出されていた。

「胃小区をこんなに鮮明に出せる医者は、世界広しと言えども僕くらいだ。ま、ここの写真は世界一だからね」

森川さんはこんなことまで言った。そうかも知れないが、そんな風に自慢する森川さんを私は好きになれなかった。生化学の早石教授を思い出させられた。早石さんは講義の合い間に何度も、「自分の研究はノーベル賞級だったが」とか、「同じ研究をしていたアメリカの学者に出し抜かれてノーベル賞を取り損なった」とか、「ノーベル賞」「ノーベル賞」を連発した。耳障りで聞くに堪えなかった。私は生化学が大嫌いになり、講義にも余り出なくなった。

世界中の病院を見て回り、そこで撮られている胃透視の写真をつぶさに見て回ったならいざ知らず、およそそんなことはあり得ないだろうに、〝世界一〟と言ってのける森川さんは早石さんと大同小異のはったり屋に思えた。

呼吸器科の指導医日置先生は温厚でにこやかな人格者だとSは言う。それに比べてあの循環器系の部長野郎はなあと、今だに根に持っている言い方もした。そうでもないよ、宿題をやって持っていったら案外機嫌よく接してくれ、また新たな宿題を寄越したよ、と返すと、何にしても手抜きもいいとこだ、日置先生も彼はクレーマーで医局会議でもひとり突っ張ってる、困ったもんだと言ってたぜ、とSは言い返した。私はそれ以上抗わなかった。循環器の部長の二度目の宿題は難しい不整脈で、まだ答を出せないでいた。実習の期間中には何とか解いて持っていかなければと思っているが、もし解けなくても、もう一度だけ部長の許へ馳せるつもりでいた。

金曜日が来た。私は朝から緊張していた。前日に、明日は一度君に透視をやってもらうよ、と言い渡されていたからだ。更に森川さんはこうも言った。患者は君を一人前のドクターだと思っているから、そのつもりで。途中僕に聞いたりしちゃいけないよ。分からなくなったら手で合図すること。いいかね？

「よし、次の患者は君がやり給え」

森川さんは二人ばかりの透視を終えると、相変わらずクールに言い放った。

分かっていたつもりが、途中ではたと手順が分からなくなり、患者にどうせよと言えなくなった。私は背後を振り返って闇の中に森川さんを捜した。森川さんの反応は早かった。どけとばかりに私の胸の辺りを押しやった。私はすかさず後退し、入れ代わった森川さんの後ろについた。

以後五、六人の患者は森川さんが全部こなし、私はひたすら見学に回った。森川さんからお咎めはなかった。

「土、日でよく復習して来なさい。月曜日またやってもらうから」

と言ってくれた。

土曜日は胃透視の手順を覚え込み、イメージトレーニングすることと、循環器部長からの二つ目の宿題を解くことに費した。

翌日曜日、別な緊張感を抱いて寺沢秋子の指定した墓地に向かった。下宿の最寄りの停留所から二つ目の停留所でバスを降り、そこからは歩いていった。

覚えのある石垣の角を曲がって入口に向かったところでそこに佇んでいる秋子が目に入った。約束の正午を一、二分回っていた。

私は小走りに彼女に近付き、

「大分待たせてしまった？」

と尋ねた。

「いえ、私もほんの五分程前に来たばかりですから」

薄めの、父親に似た上品な口もとからかすかに白い歯をのぞかせて秋子は微笑んだ。

手に何やら庭先で摘んだような花を下げている。

「それは……？」

私は訝った。

「母に持って来たんです」

「お母さんに……？」

「母のお墓が、ここにあるんです」

私は絶句の体で彼女を見つめた。

「母は去年の暮に亡くなったんです」

私の無言の問いかけに答えて、彼女はクルリと体を入れ代え、墓地に一歩足を踏み出した。

「何で、亡くなられたの？」

遅れを取って、私は彼女の背に言った。

「クモ膜下出血です」

私が肩を並べたところで秋子は前方に目を凝らしたまま答えた。

脳外科の講義を聴き終えていたから、クモ膜下出血は脳卒中の一つで動脈瘤の破裂によるものであること、比較的若い、四十代、五十代に発症し、しかも重篤で、二人に一人は死んでしまう恐ろしいものであると覚えていた。

秋子は私の二つ三つ下だろう、姉がいて、彼女は私と同年か一つ二つ上かも知れない。その姉を二十代半ばで産んだとしたら、母親は五十歳前後で他界したのだろうか？

「手術は？　されたの？」

咄嗟に計算をめぐらしてから私は尋ねた。

「いえ、救急車で運ばれた時は、もう心臓が止まっていて、手術も出来ない状態でした」

私はまた絶句した。

秋子の母親の墓は、比較的手前にあったので、私が二の句を継ぐ暇もなく、秋子は足を止め、

「ここです」と言って漸く私に振り向いた。

秋子はすぐにしゃがんで墓標の花立てからしおれかけている花を抜き取り、手に下げていた花を差し入れた。

それを見届けて私も傍らにしゃがみ込んで手を合わせた。

「父は——」

合掌を解いたところで、秋子が沈黙を破った。墓標に目を凝らしたままだ。

「娘の私が言うのも何ですけど、とても愛妻家で、母が亡くなった後暫くは、傍で見ていても気の毒なくらいしょげ返っていました」

（私の父はどうだろうか？）

幼時の記憶が蘇っていた。母は、戦前戦中に猛威を奮い、私が小学生になった頃尚亡国病の名残りを留めていた結核に冒されて病臥の生活を強いられていた。サナトリウムはほぼ満床で、少なからぬ結核患者が自宅療養を余儀なくされていた。

母の弟が名古屋大学を出た内科医で、東新町《とうしん》という私の家の最寄りの池下町から七つ八つ名古屋駅方面に行った所にあった名大の分院に勤めていて、母は定期的にそこに通っていた。人工気胸術や何やら色々手を施したが右肺の空洞がどうにも塞がらないというので、

「こうなったら姉さん、もう外科手術をするしかないよ。肋骨を四、五本はずして胸腔を狭くし、肺を押し潰すことによって空洞も縮めるんだ」

と、最後通告みたいなことを言い渡した。その手術を受けると胸部は当然ながら変形し、左

右アンバランスな形になると聞いて、多分に美意識の強かった母は、そんな手術は受けたくないと叔父に言い放ったそうな。

その頃からか、母はもう分院に通わなくなり、自宅で注射を続けた。その注射が何であったか記憶にないが、多分ストレプトマイシンではなかったろうか？　結核の特効薬として輸入され、町の薬局でも購入できるようになっていた。ほとんどは寝たきりだったから、それを買いに行くのは私の役目だった。池下町と次の仲田町の中間辺りの薬局にそれはあった。当時の金で百二十円だったことを覚えている。名古屋名物の〝きしめん〟が二十円だった。

何回か通ううち、薬局の主と思われる五十がらみの女性が、私を不憫に思ったのか、いつも五円負けてくれるようになった。初めて五円を手にした時、私はたまに鉛筆やノートを買っていた池下の文房具屋へ寄った。そこではチョコレートなども売っていたが、五円で買えそうなのは飴玉くらいだったから、私はそれを注文した。そこの主は太って眼鏡をかけた五、六十歳かと思われる不愛想な女性だったが、私が五円玉を差し出して飴玉を求めるや、

「五円なんぞで売る飴はない！」

と一喝するように言い放ち、クルリと背を向けて奥に引っ込んでしまった。そんなことはない、飴玉は一個一円だから五個は買えたはずだ。その日の売り上げが悪くて腐っていたところ

へ、少し高いものを買ってくれる客が来たかと思いきや、はした金の五円しか持たない子供の客と知って頭に来たのだろう。

私はその店へ二度と行かなかった。幸い、薬局への使いからも間もなく解放された。母が注射を打つこともやめたからである。代わりに母は信仰の道に入った。

仲田に〝一麦教会〟というキリスト教会があって、そこに通っていた近在の年配の婦人がある日母を訪ねてきたのだった。彼女は多分、新約聖書に出てくる〝神癒〟の話をしたのだろう。イエス・キリストがライ病者やいざりに手を置いたら忽《たちま》ち肌が見違えるように綺麗になり、いざりもすっくと立ち上がった、それどころか、死んだラザロをも蘇らせて人々を驚嘆せしめた、というような。

母はそれをまともに信じた。そうして、キリスト教に帰依した。

ある日、学校から帰ると、すぐに遊びに行こうとする私を呼びとめ、起き上がるや私を抱きしめて言った。

「お母さんの病気は治るのよ。イエス様という方が治して下さるのよ」

母の顔は輝いていた。

それかあらぬか、間もなく母は病床から立ち上がり、仲田にある〝一麦教会〟に通い出した。

私も日曜学校に通うようになった。

しかし、日本の古き伝統を重んじ、皇国の民との信念の持ち主であった父は母の入信を疎んじ、キリストを取るか私を取るかとまで迫った。母は敢然と、たとえあなたに捨てられても私は信仰を捨てません、と言い切った。父は折れたが、父の妹の叔母に言わせれば、父が母を離縁しなかったのは、一人息子の私がいたからだという。その実私は久しく父になじめなかった。父は母の迫害者であり、母と共に教会に通う私をも快く思っていないこと、小学校、中学校を通して首席を続けた父は、小学生の後半から成績の落ち始めた私を蔑んでいるに相違ない、と思い込んでいたことも一因だ。

私は中学の後半になって勉強の意欲に目覚め、県下の進学校に合格した。父が私に笑顔を見せるようになり、母や私の教会通いに眉をひそめなくなったのもその頃からである。


秋子が母親の墓標に手を合わせて瞑目し、私もそれに倣って合掌し目を閉じていた。

「有り難うございました」

不意に耳許に囁かれた声に、私ははっと我に返り、目を開けた。

「母に、高坂さんのこと報告しました」

秋子は蹲踞《そんきょ》のまま、顔だけこちらに向けて言った。

「そう？　何て？」

私はやや戸惑いながら返した。秋子は少しはにかんだような微笑を見せた。

「良いお付き合いができるよう、見守っていてねって言いました」

私は無言で二つ三つ頷いた。

「高坂さんのお母様は、まだご健在ですか？」

立ち上がって、私もそれに倣ったところで秋子が言った。

「お陰様で。僕の小さい頃、大病を患いましたけれどね」

「大病を……？」

「結核です」

「まあ……！」

秋子は一重の目を丸めた。先刻瞑目の間に思い出していた幼き日々のことを、私はかいつまんで秋子に物語った。

「高坂さんは、じゃ、どうしてお医者になろうと思われたんですか？」

黙って聞いていた秋子が訝った目を振り向けた。

「どうして……？」

「だって、お母様は医学でなく信仰によって病気を治されたんでしょ？　それを見ていらしたしご自分も教会に通い出されたくらいだから、お医者でなく牧師になろうと思われたんじゃないかと思って……」

「確かに母はそう望んだようです。でも、丁度その頃、フランス人で密林の聖者と言われていたシュヴァイツァーにノーベル平和賞が与えられたんです」

秋子は今度は目を細めた。

「確か、神学者でオルガンの名手でもいらした方ですよね？」

「そう。母はキリスト教に帰依したことで、父ばかりか親戚の者達にも白い眼を向けられましたからね。クリスチャンの代表みたいなシュヴァイツァーがノーベル賞を取って一躍時の人になったことで、鬼の首でも取ったように喜びました。自分の信仰が正当化されたと思ったんでしょうね。それで僕に、あんたもシュヴァイツァーのような人になりなさいって言ったんです」

「それでお医者さんになろうと……？」

「ええ、何せ僕は完全に母っ子でしたから」

「シュヴァイツァーは――」

一呼吸置いて言いかけると同時に秋子は足を踏み出した。半歩遅れて私もそれに倣った。

「お医者様でしたけど、キリスト教の伝道師でもあったんですよね？」

「そうですね」

「むしろ、キリスト教の布教の方が目的だったんじゃないかしら？　だからお母様はシュヴァイツァーのような人になって欲しいと思われたんでしょうね」

異論はなかった。母は確かに、キリスト教の布教を主体に考えていたのだ。〝一麦教会〟の牧師は京大の農学部を出て一旦は教師になったが、思うところあってキリスト教に入信、神学校に学び直し、中年に至って独立の教会を建てたという経歴の持主だった。〝神癒〟を信じ、実際、牧師の接手祈祷によって医者からも見放されていた病者が何人も快癒を得ていた。自分もその一人だと母は信じていたし、私も医学部に入るまではそう思っていたが、母の使いで仲田の薬局に買いに行っていた薬がどうやらストレプトマイシンらしいと思い当たった時、母の結核を治癒に到らしめたのはやはりこのストマイだったのではと思い直すようになっていた。不肖の子で、母は信仰を持ち続け、再臨のキリストは雲に乗って地上に降りてくるなどと非科学的なことを信じていたが、私は次第にそうした聖書の記述に疑念を抱き、教会からも足が遠退いていた。

「僕は伝道者にはなりませんが、シュヴァイツァーのように、将来は無医村へ行こうと思っていますよ」
二、三のやり取りの後、私は話を締めくくるように言った。
「そうなんですか」

秋子は驚いた風に眼を瞬かせ、更に質問を重ねたい気配を見せたが、自宅が目の前に迫っていると気付いて思い留まったようだった。

（七）

玄関口に入ると、秋子は「ただ今」と言った。

「お帰りっ」

と女の声がしたかと思うと、小走りにこちらへ向かってくる足音がして、秋子の姉が姿を見せた。この前見て脳裏に焼きついている水玉模様ではなかったが、やはり水色のワンピースで、白い二の腕と、同様に剥き出しの、肉付きの良いふくらはぎに一瞬見惚れた。〝一瞬〟と思ったのは、次の瞬間、ワンピースは二つに折れて、秋子の姉は膝を折り畳んで双手をつくや、「いらっしゃいませ」と恭しく頭を垂れたからだ。が、それも一瞬で、すぐに顔を上げると、双手は床についたまま、

「秋子の姉の春子です」

と言って彼女は私を見上げた。刹那、ワンピースの胸もとに隙間が生じ、白いブラジャーからはみ出しているたわわな乳房が目に入り、私は胸に覚えのある痛みを感じた。

奥で何やら話し声がしていた。男同士のようだ。春子の胸もとに凝らした視線に気付かれまいと、彼女が双手を床から離して背筋を立てると同時に視線を足もとへ移した私は、男ものの革靴が二、三のサンダルに混じって置かれてあるのに気付いた。

サンダルの一つは男もので、それは姉妹の父親がこの前履いていたと思い出された。女もののそれは二足あるから姉妹が普段庭か近くに出かける時に履くものだろうと思われた。

靴は客のものだった。

「姉の婚約者も来ています」

私が視線を戻して秋子を訝り見るや、秋子はすかさず私の目の意味するところを悟ってこう言うと、更に、

「高坂さんと同じ京大の出身で、姉の高校の同級生です」

　と耳もとに囁いた。当の春子は「さ、どうぞ」と言葉を継ぐなり立ち上がってワンピースの裾を翻していた。痛みまでもたらした熱い塊がスーッと抜け落ち、とって返したい衝動を覚えながら、背にかかった秋子の手の促しに抗し得ず、靴を脱いだ。

　果たせるかな、奥の八畳程の座敷にテーブルを挟んで相対し、胡座《あぐら》をかいてくつろいだ様子で秋子の父親と若い男が談笑している。春子は若い男の傍らに正座して私と秋子を迎え入れる形になった。

「父とはもうお目に掛かって下さっているから、こちらをご紹介させて頂きますね」

　春子の言葉に呼応するように若い男が胡座を解いて正座した。父親は立ち膝になっている。

「風間順一さん。私の、その――」

　春子の目は二重だ。笑ってもその大きさは変わらない。

「はっきり言ったらいいじゃないか」

　寺沢氏が眼鏡の奥で目を細めた。

「もう結納も交わしたんだから」

　男はコクコクと頷いて唇を細めた。

「はい、そう、婚約者です」

春子が否応なしという感じで男の肩の辺りに掌を上にした手をやって私を見た。

「風間です。宜しく」

と男は膝を突いた私をはすかいに見て言った。

(平凡な顔だ)

と思った。

(こんな風采の上がらない男が何故春子さんのような魅力的な女性をものに出来たんだ?)

声に出そうな独白を私は呑み込んだ。

(そうか、高校の同級生と言ったな。少しばかり勉強が出来たから春子さんは惹かれたのか?)

「こちら、高坂さんです」

名乗りそびれた私の代わりに、背後で秋子が言った。我に返って私は黙礼した。

「さ来年、お医者さんになる予定の」

秋子の声が耳の後で続いた。

「そお?　じゃ、今、五回生?」

風間順一は早々と正座を崩し、胡座に戻って言った。

（先輩面な口の利き方だ）

私は不快なものを覚えた。

「でも、卒業してもすぐには医者になれないよね？　インターンがあるんだろ？　それに国家試験も……」

「ええ……」

私は小さく答えた。その通りだが、だから何だというのだ？

「高坂さんはノーベル賞を取ったシュヴァイツァー博士に憧れて医学を志したんですって」

秋子がまた私の寡黙を繕うように言った。

「ほー！」

と寺沢氏が口をすぼめ、春子は目を丸めた。

「博士と言ったってシュヴァイツァーは、医学博士じゃないよね。確か、神学の方で取った学位じゃないかな」

風間が水をさすようなことを言った。

「えっ、そうなの？　よく知ってるわね」

春子は驚いてみせた。

「私もてっきり医学博士かと思っていたが……」

寺沢氏が相槌を打った。

「シュヴァイツァーが医者になったのはキリスト教の布教のためだったんだよね。医学は六年学んだだけだったから、医者としての力量はあまりなかったんじゃないかな？　医学部を卒業したというだけではろくすっぽ病人を診れないものね！」

風間の最後の一言は私に振り向けられたものだ。事実彼はぐるりと首を巡らしてまだ斜め後に正座している私を見やった。拍子に、鼻根がほとんどないだんご鼻に眼鏡がずり落ちた。

「ええ、まあ……」

内心承服しかねたが、私は当たり障りのない返事をした。

風間の指摘は確かに的を射ていた。シュヴァイツァーは注射が下手で、ランバレネの黒人は看護婦には腕を差し出すが、シュヴァイツァーには手を引っ込めて尻込みすると何かで読んだ記憶があった。

それにしても風間の発言は不愉快だ。自分はもういっぱしの社会人だがお前はまだ青二才で医者の卵、その卵も無事かえるかどうか分からない、と言われているのだ。

「高坂さんは何科のお医者さんになるつもりかな？」

寺沢氏が言った。助け船を出された思いだった。風間がまたこちらに流し目をくれたが、それには視線を合わさず、寺沢氏を見て私は答えた。

「内科です」

「内科と言っても色々あるよね」

風間がまた口を出した。

「循環器とか、呼吸器とか、もっとも一般的なところでは消化器かな」

これには答えなかった。内科と言えば、循環器も呼吸器も消化器も含めた全般的なもので、無医村に赴くことを目指していた私は、どれか一分野の専門医になるつもりはなかったからだ。同じ質問が秋子の父親か姉の春子の口から放たれたならばそう答えただろうが、風間に返事をする気はしなかった。

私が言葉を返さないことで、多少気詰まりな空気が流れた。それを作ったのが自分だと思い到ったのか、風間が二の句を継いだ。

「ま、インターンでひと通り回らないと決められないか」

これにも私は答えなかった。

秋子が背を押して、風間の隣に座るよう私を促した。その動きに呼応するように春子が席を立ち、秋子と共に姿を消した。

「秋子からお聞き及びかどうか」

寺沢氏がはすかいながら前に座った私に話しかけた。

「去年の冬に家内を亡くしましてね、寂しくなりました」

「うんうん」とばかり風間が頷いた。

「こちらの風間さんにも迷惑をかけました」

(どういうことだ?)

私は風間には目をやらず、寺沢氏を訝り見た。

「長女とは今年中にも式を挙げてもらう手筈でいて、家内もその日を楽しみにしていたのですが、突然逝ってしまって、私があんまり悲嘆にくれて何も手につかずにいたものですから、長女が心配して、もう暫く、私が立ち直るのを見届けるまで家にいると申しまして、風間さんも、そういうことならと、式を延ばすことに同意して下さったのです」

「お父さん、高坂君にそんなことまで仰らなくても……」

風間が先に反応してくれたことは幸いだった。私としては、答えようがなかったからである。

せいぜい返すとしたら、

「奥さんを、本当に愛しておられたんですね」

というくらいだったが、それも何となく身にそぐわない気がした。

「そうだったかな」

開きかけた口を噤んだ私に、寺沢氏は苦笑を浮かべてみせた。

「でも、本当に私は家内をかわいがったんですよ。それだけに、何も言わずに逝ってしまわれたことが悔しくてね」

父母の不和の期間が長く、ひとり子で身の置き所がないものを覚えていた私には、妻をかわいがって余りあったと言う寺沢氏の赤心の吐露は不思議に聞こえた。それどころか、最後は声を詰まらせ、眼鏡の奥に光るものさえ見せた寺沢氏は、父とはおよそ異なる人種に思えた。

風間が「やれやれ」とでも言いた気な顔で私を流し見た。風間にも寺沢氏は同じことを何度か言ったのだろう。

私はどちらからも目を逸《そ》らして自分の膝に視線を落とした。

「はい、お待ち遠さま」

春子の明るい声が背後に響いた。振り返った私の目に、肉付きの良い白いふくらはぎが飛び込んだ。春子に二、三歩遅れて秋子がやはり手に盆を持って現れたが、私は春子の膝の辺りで舞っているワンピースの裾とそこからのぞいている脚に視線を奪われていた。

「また高坂さんにもおのろけを言っていたみたいね」

盆から冷麺を盛った皿やつけ汁の入った小皿をテーブルに移しながら春子が父親の顔をのぞきこんだ。

「おのろけじゃないよ」

寺沢氏がむくれたように返した。

「おのろけってのは、連れ合いが生きていればこそのものなんだから」

「はいはい、そうでした」

春子はふくみ笑ってちらと私を見た。私の前には秋子が皿を並べてくれていたが、私は春子の動きばかりに気を取られていた。

（八）

秋子とはその後も日曜毎にデートを重ねた。それまで日曜日と言えば京極の「美松名劇」か八坂神社前の「祇園会館」に出かけるくらいで、平日は下宿と大学の往復に終始していたから、京都の人々が言う名所旧跡はほとんど知らなかった。

その点秋子は京都生まれの京都育ちだから、あちこちよく知っていて、必然、私は秋子に導かれる形で市電に乗り、名前ばかりは耳にしたことがある寺々や、卑近な所では賀茂川の河辺りや植物園を散策した。

しかし、デート先は戸外ばかりでなく、「父が高坂さんともっとゆっくりお話ししたいと言っているので、ウチへいらして」と言われ、秋子の自宅で夕飯を食べながら時を過ごすこともあった。

夏の盛りには、皆で市営のプールへ行きましょうと誘われた。京都は盆地で海とは無縁の地だから休日のプールは大勢の客で賑わい、少し泳ぐと人にぶつかる有様だったし、春子の婚約者の風間も一緒だったからさして気分は乗らなかった。

風間は色黒で貧相な体つきをしていた。付き合ってどれくらいになるかは知らないが、風間の水着姿を春子が見るのは初めてではないだろう。鎖骨や肋骨が浮き出て脚も細いそれを見ても春子は気持が萎えなかったのだろうか?

姉妹はワンピースの水着姿だった。若い女性の多くは大胆なビキニを着けて惜し気もなく裸身を曝《さら》け出していたが、私は断然ワンピースの水着が好きで、ビキニは品性に欠け、脚が短かく胴長の日本人の体型にも合っていないように思われた。

一年前だったか、「美松名劇」で見た「慕情」のジェニファー・ジョーンズのワンピースの水着姿が焼きついていた。金髪ではなくブラウンの髪で、眉も濃く瞳も黒目勝ち、プロポーションも抜群で典型的な美人だと思った。その後にリバイバル上映されたビットリオ・デ・シーカ監督の「終着駅（スタチオーネ・テルミナーレ）」で、イタリアを旅行中に知り合った現地の青年と束の間恋に陥るアメリカ夫人を演じたジェニファーは、白黒映画でひときわその優美な姿を極立たせていた。

春子と並ぶと秋子の体の線は細く見劣りがした。春子は色白で胸の膨らみも充分あり、二の腕や大腿の肉付きも申し分なかった。私は目を向けまいとするのに一苦労した。

風間は意外に泳ぎがうまく、クロールを軽く流した。春子は当初は平泳ぎだったが、やがて風間の後を追うようにクロールで流した。私はその後に続き、隣で平泳ぎで流している秋子を追い抜いて春子に迫った。手が柔らかいものに触れた。春子のふくらはぎだ。刹那、春子は泳ぎをやめて立ち上がった。私も泳ぐのをやめ、立ち上がった。お互いにゴーグルを取った。目と目が合った。

「ご免なさい、ぶつかってしまって」

まろやかに揺れる胸もとを盗み見ながら私は詫びた。春子は健康そうな白い歯を見せ、「いえ、私がのろいからお邪魔になったのね」と、悪びれず返した。私は胸に熱いものを感じたが、それは瞬時、物悲しいものに取って替わられた。

（この女《ひと》は所詮もう他人のものなのだ）

呻きにも似た独白を私は胸に残した。

夏休みが終わって試験が続いた。それを口実に暫くは会えないと秋子に告げた。

一カ月後、秋子を久々「美松名劇」に誘い、「戦場にかける橋」を見た。日本軍の捕虜とされたイギリス軍兵士がクワイ川に橋を架ける工事を命じられる。

冒頭から引き込まれた。早川雪洲演じる日本軍の将校が、炎天下にイギリス兵を整列させる。じりじりと照りつける太陽の下に立たされた兵士達は次々と倒れていくが、名優アレック・ギネス演じるイギリス軍の将校はこのしごきに耐えて立ち続ける。

男の映画だ。観客は少なく、ほとんどが男性だったから、秋子には申し訳ない気がしたが、意外にも秋子は身じろぎもせずスクリーンを見つめていた。

映画館を出て四条河原町に出、レストランに入った。ランチタイムで店は混んでいたが、カウンターに空席があり、横並びで座った。

隣の空席に若いカップルが近付いて来た。長身痩躯の青年と、対照的にふくよかな体型の女性で、女の方がやや年上に見えた。一瞬、髪型、顔の造作、胸の豊かさが春子に似ていると感じ、胸がキュンと鳴った。

私の視線に気付いたか、連れの男はそれを遮ろうとするかのように私の隣に腰を落とし、女を自分の隣に座らせた。

「男性の映画でしたね」

カップルに気を取られていた私は、秋子の声に我に返った。

「ああ、あなたには退屈だったかもね」

「いえ、そんなことは……でも、戦争というのは男の人がするものなんだなあって、改めて思いました」

一瞬至言だと思ったが、違う考えが脳裡に浮かんだ。

「もし地球上に女ばかりだったら、戦争は起こらないだろうか？」

秋子は絶句の体で私を見返した。意表を突かれた、といった表情だ。

「多分、起こらない、と思います」

優に一分は沈黙を保ってから、意を決したように秋子は言った。

「少なくとも、男の人のように、武器を取って殺し合うようなことはないんじゃないかしら?」

私は頷いた。同意したからではなく、秋子の言葉を咀しゃくしながら自問自答していた。

「そうだね、多分、そうだろうね」

私も暫く考えた末に言った。

丼物だったから食事を済ませるのは早かった。三十分も経たぬうちに、私達は店を出た。

「父がね」

市電の停留所に向かって歩き出したところで、秋子が先に口を開いた。

「お父さんが——?」

私は鸚鵡《おうむ》返しをして秋子を見た。どことなく思い詰めた様子だ。

「高坂さんと早く婚約したらどうかって……」

(婚約……!?)

秋子の横顔にやっていた目を私は前方に向け直した。

「どうしてお父さんはそんなに急かされるのかな?」

私は前方を見つめたまま返した。

「高坂さんは男気のある好青年だって、父は高坂さんに惚れ込んだみたい」

「お姉さんと、あの風間さんも付き合ってすぐ婚約したのかな？」

私は話をはぐらかした。

「姉たちは――」

秋子の視線が横顔に突き刺さるのを感じた。

「高校のクラスメートで、ウチへも風間さんはよく出入りしていたので、二人は一緒になるものと父も亡くなった母も思っていたから」

「だから？」

秋子の返事は答になっていない、と感じて私は少し声を尖らせた。

「二人は、いつ婚約したの？」

「それは……」

秋子は少したじろいだように歩調を緩めた。

「まだ一年前よ。結納を交わした時、正式に……」

「じゃ、僕らもそんなに急ぐことはないよね。第一、僕はまだ学生の身だし、あなたのことを、両親にも話してないし……」

「私もそう言ったんですけど、じゃ、早く高坂さんのご両親に会わせてもらいなさいって、父は……」

秋子は視線を戻し、うなだれたように顎を落とした。

寺沢氏が私を気に入ってくれたことにはもとより悪い気はしなかった。早く娘と結びつけたいと思ってくれたことにも。しかし、秋子の口から訴えられるように婚約云々と言われると、腰が引け、胸から何かが抜けてそこが空虚になるのを覚えた。

「姉たちは――」

私が言葉を返さないと見て取ったか、秋子は顎を落としたまま歩きながら呟くように続けた。

「来年には結婚すると思います」

「来年の、いつ?」

「兄が、あ、いえ、風間さんが四月に海外出張になるんですって。姉に一緒に来て欲しいみたいで……」

「海外って、どこだろう?」

胸の空洞が更に広がるのを覚えながら私もまた呟くように言った。

「アメリカらしいわ」

「そお？　いいなあ」

「えっ……？」

秋子がこちらを振り向いたのに私も目を合わせた。

「だって、英語をものに出来るものね」

「そうね。姉もだから英会話を習っています。同志社の英文科だったから読む方はまずまずだけどって……」

「英会話は、どちらで？　僕も習いたいな」

「えっ、そうなんですか？　高坂さんは英語はお得意なんじゃない？　京大の医学部に入ったくらいだから」

「いやいや、それこそお姉さんと同じで読む方はまずまずだけど、英会話はまるで駄目」

「でも、洋画をよく見に行かれるから、ヒアリングはお出来になるんじゃないかしら？」

「とんでもない。専ら字幕に頼ってるよ。俳優達の英語は短いフレーズがたまに聞き取れるくらいで」

秋子は「うふふ」と笑った。姉より小粒な歯だ。胸の膨らみもやはり姉の半分程だと、ブラウスの胸もとを盗み見て思った。寂しいものが胸の空洞を吹き抜けた。

「それでね」

私の思わくなど素知らぬ気に秋子はつづけた。

「姉が出て、私も出て行ったら寂しいから、高坂さんに家に来てもらえたらいいね、て父が……」

秋子の誕生日が十日後に迫っている。その日は自宅でパーティーを開くというので呼ばれている。風間も来ると聞いている。

十月生まれだから〝秋子〟と名付けたそうで、姉は三月下旬に生まれたから、〝春子〟と付けた、女の子は〝子〟をつける方がいい、それも単純な名がいい、と、以前のデートの折、名前の由来を尋ねる私に秋子はそう答えた。

(秋子も春子も好きだ。特に〝春子〟は)

と私は返したかったが、無論独白に留めた。命名者は父親だったが、ちなみに亡くなった最愛の妻の名は〝冬子〟だった。

「じゃ、二人のうちどちらかが冬に生まれていたら、お父さんは困ったろうね？　夏なら〝夏子〟でいいだろうけど。まさかお母さんと同じ〝冬子〟にはできなかったろうし」

私は単純素朴な返答で濁し、

「そうね。どうしたでしょうね」

と秋子も笑った。

「それは――」

切迫感に胸を突き上げられながら、私は声を落とした。

「僕に、養子に入れってことかな？」

「あ、いえ……そんな意味では……」

秋子はまた歩を緩めて私を見上げた。

「父はただ、一緒に住んで下さったら、という意味で言っただけだと思うの」

「ふーん……」

微塵も考えていなかったことだ。何年か後、晴れて医師免許を得ても、私は郷里名古屋に戻るつもりはなかったし、第一に、結婚はまだまだ先のことと思っていた。

(しかし、もし姉の春子が恋人だったらどうだろう？　早く結婚したいと思ったかも知れないし、父親と一緒に住んでもいいと思っただろうな)

この時点で、秋子とは結婚できない、秋子を病院で見かけて覚えた熱い思いが冷めかかっていることを私は知った。

その夜、私は秋子に手紙を書いた。招待を受けたパーティーには行けないこと、父上の温情は身に沁みて嬉しく感じたけれど、自分はその期待に応えられそうにないこと、春子さんやそのフィアンセを混じえた付き合いを深めていくと、家族の一員とみなして父上の私に対する期待は益々いや増し、私はそれを重荷と感じて息苦しさを覚え、抜け出したくなる、つまりは、あなたとの交情がより深まった段階であなたを裏切ることになりかねない。それよりは、まだそこまで深まらない今のうちにお別れした方がいいと思い到った云々……。

春子に横恋慕してしまっている自分の本心をオブラートに包んでの文言は、書いていて空々しく、我ながらうんざりするものがあったが、書き終えた時には何故かほっとした。

その日も終わりかけた深夜の町に出て、一キロばかり先の郵便局を目指した。

投じてよいものかどうか、ポストの前で逡巡を続けたが、流しのラーメン屋のチャルメラの音が背後をよぎったところで、私は思い切った。

（さようなら、秋子さん。そして、春子さん）

目をつぶって独白と共に封筒をポストに投じると、私は屋台の後を追った。無性にラーメンが食べたかった。

エピローグ

秋子からは何も返信がないまま年が明けた。

思いがけず、賀状に秋子からのそれが入っていた。

「お便りを頂いてから暫くは何も手につきませんでしたが、やっと気持の整理がつきました。先日母の墓前に、高坂さんとは結局御縁がなかったことを告げ、ご一緒にお参りした時お願いしたことはもう忘れてねって言いました。

今年は最後の年ですね。病気ばかりでなく病める方たちの心も診られるお医者さんになって下さることをお祈りしております。

父も姉も、宜しくと申しておりました。」

細字の万年筆で書かれた達筆な文字だった。

さすがに胸が痛んだ。


三月下旬、午前の講義が終わって外に出た時、出がけには冷たいと感じた微風が、不意に暖かく感じられた。覚えのある気候の変わり目だ。春が訪れた、と思った。

休暇に入った最初の日曜日､私はまた美松名劇へリバイバル映画を見に行ったが､帰りにふっと、秋子の母が眠っている墓地へ寄ってみたくなった。下心がなかったと言えば嘘だ。秋子ではなく、ひょっとして春子の姿を垣間見られるのではないかという。

記憶にある石垣が迫った時、私は胸騒ぎを覚えた。

石垣は私の頭一つ低く連なっていて、背伸びしなくても墓地は見渡せる。私は角を曲がりかけた所で足を止め、中をのぞき見た。何人かはいるだろうと思ったが、閑散として誰もいない。昼下がり時だから、墓参の人はいたとしても、もう引き揚げたのかもしれない。

石垣の向こうの､竹林の間から屋根だけかすかに見える寺沢家の方角に目を転じた時だった。その玄関前とおぼしき辺りに人影が二つ見えた。

ドキンと胸が弾んだ。男はすらりとした長身で、女の頭は男の肩の辺りにある。時折女は男を見上げて何やら話しかけながら歩いている。女は手に花束らしきものを下げている。

小さく見えた影が次第に大きくなって、顔の造作までかすかに読み取れた時、私は首をすくめ、顔の半ばを石垣で隠した。

二人は話に夢中で、こちらに視線を向ける暇などなさそうだった。やがて丁字路にさしかかり、一瞬立ち止まった男に、秋子がこちらよというように左手を示した。

秋子の頭の半分は石垣に隠れ、男の方は頭一つ見て取れた。そのまま五、六歩も進めば墓地の入口だ。

ものの十数秒もしたところで、遠ざかった二人が、入り口からこちらに向かって歩いて来るのが見て取れた。

秋子がまた、今度は「あちらよ」と言うような手振りを示し、男が頷いた。

男の造作が段々はっきりとして来た。春子の婚約者風間よりいい男だ。美男子と言ってもよい。

(待てよ、どこかで見たことがあるな)

男の造作が更にはっきりしてきたところで、ある記憶が蘇った。

(そうだ、あの時、あそこに居た府立医大の学生だ！)

〝あの時〟とは、京都市立病院の循環器部長から追加で出された宿題の回答を持っていった時だった。〝あそこ〟とは循環器部長の部屋で、そこに白衣をつけた若い男がいたのだ。にこやかに部長と話し込んでいた模様で、部長の前で畏まっていたSや私とは裏腹にリラックスした雰囲気が感じ取れた。府立医大の五回生の誰々とその医学生は名乗った。

(道理で)

と得心しながら、私はおずおずと宿題の心電図と回答を差し出した。部長は無雑作に受け取ったが、府立医大の学生は興味深気にのぞき込んだ。

「うん、ま、六十点だな」

部長はぶっきら棒に言って五枚の内二枚のコピーを抜き取って私に突き返し、

「それは卒業までに分かればいいからな」

と言ってそっぽを向いた。府立医大の学生は部長の手許に残った三枚の心電図のコピーに目を注いだままだった。

私は一礼し、もう一度同い年と思われる男を流し見やってから踵を返した。

まさかと思ったが、ジャケットとスラックスをベンケーシースタイルの白衣の上下に替えれば、紛れもなく、あの男だった。

(しかし、彼が何故秋子と、こんなにも早く……?)

まかり間違っても二人の視線に捉えられまいと首をすくめ、そっと石垣沿いに遠ざかりながら、しきりに疑問が渦巻いた。

(あの男も、夏期実習中に秋子を見染めて声をかけていたのだろうか？　秋子はよもや私と彼と二股かけていたわけではないだろうが、私が振ったことで秋子はあの男の求愛を受け入れる気になったのだろうか？　それとも、偶然、どこかで出会って付き合い始めたのだろうか？）

　下宿にとって返すまであれこれ思い巡らしたが、もとよりいずれとも決し得なかった。

海の音

（一）

三島彩子が郷里の港町に戻ってきたのは父親の死がきっかけだった。

父の良三は長年糖尿病を患っていたが、不真面目な患者で、至近距離にある町の診療所にはろくすっぽ足を向けたことがない。妻の清子が隣町の開業医に高血圧と高脂血症と診断されて定期的に通い出したのをこれ幸いと、薬だけ言付けて自分はいっかな腰を上げなかった。糖尿病が発見されたのも、急逝する十年前、夜の食事中に突然茶碗を落として呂律が回らなくなったのに驚いた清子が、日頃かかっている開業医では間に合わぬと見て取って町の診療所の医者に往診を頼んだ時だった。

診療所の医者は、僻地医療に従事する医師を養成する目的で創られたJ医科大学の卒業生で、医者になって四、五年目の若い男だった。前任の医者と入れ代わってまだ一年そこそこだったが、良三が診療所を一度も受診していないと知って不機嫌を露にした。結婚してまだ間もない新妻とこれから夕餉の席に就こうとしていた矢先の呼び出しだったことも手伝っている。家が分からないというので清子が軽トラで迎えに行った。町が提供している医師住宅は診療所に隣り合う形で並び建っている。安普請だが二階建てで小さな庭も付いている。まだ子供のない夫婦には広過ぎる程だ。

しかし、これまで診療所の医者が五年や十年も居ついたことはない。早々に音を上げるのは大抵、医者よりも連れ合いの方だった。日本海沿いの漁村特有の陰うつな冬景色に、都会育ちの女は順応できず早々に精神のバランスを崩してしまうのだ。

噂によれば、良三の応急処置に渋々当たった若い医者の妻も、着任した時は夏の終わり頃でまだよかったが、短い秋が過ぎて瞬く間に冬が訪れ、海鳴りを呼ぶ風がヒューヒューと吹き荒び、青黒い海と灰色の空の狭間を海鳥がギャーギャー飛び交う不気味な景観に度肝を抜かれ、小さなスーパーへ三十分の道のりを海岸沿いに車で走らせるのさえ億劫になった、こんな侘しい景色には耐えられない、一刻も早くここを出たいと夫に訴えている由。夫はそんな新妻をなだめすかすのに気苦労している、とも聞こえていた。

良三は肥満体で、身長は一六五センチ程度だが体重は優に八〇キロを超えていた。畳に仰向けにひっくり返った患者を、医者が急遽呼んで駆けつけた消防隊の救急隊員が三人がかりでストレッチャーにかつぎ上げた。若い医者が手を添えることはなかった。

「急変することは、ない、ですよね？」

チーフ格の隊員が念を押すように問いかけると、医者はムッとした面持ちでにらみ返した。

「意識はしっかりしているし、血圧が高いくらいでヴァイタルは落ち着いてるから、大丈夫だよ」

「できれば、先生に同乗して頂けると有り難いんですが…」

職員は食い下がったが、医者は顔をしかめた。

「市民病院まで、飛ばせば三十分だろ。大丈夫だから、早く行ってよ」

最後は追いたてるように隊員たちを車へ駆って、医者は白衣の襟を立て、早々と診療所の中へ消えた。

市民病院の救命救急外来に運ばれた良三は、〝脳卒中〟の診断下に即頭部のＣＴを撮られ、左脳に小さな梗塞像を見出された。血液検査では血糖値が異常な高値を示し、脳梗塞の原因は糖尿病と判断された。

血栓溶解剤の点滴とリハビリで、一ヶ月そこそこで軽快し、退院できた。

「病巣が小さくて不幸中の幸いでした。しかし、糖尿をきちんと治さないと、また再発する危険性はあります。カロリー制限を守って体重を少くとも十キロは落とすように。薬もきちんと飲み、ひと月に一度は近くの診療所でもいいから血糖値のチェックをしてもらって下さい」

退院間際、本人と妻の清子に、主治医は懇懇とさとすように言って、おもむろに診療所の医者宛の〝診療情報提供書〟を差し出した。

せめてお礼に、とさんざ清子につつかれて、帰宅して間もなく良三は渋渋町の診療所を訪れたが、医者と良三はお互いに目を合わせようとせず、ひとり清子がひたすら平身低頭するばかりだった。


良三が町の診療所を嫌い、清子にも行くなと言い含めたのにはそれなりの理由があった。

良三には四才年長の姉と二つ年上の兄がいたが、兄は小学六年の時、虫垂炎から汎発性腹膜炎、更には尿毒症を併発して呆気なく逝ってしまった。

昼過ぎ、学校でみぞおちの辺りが痛み出したと訴えて帰って来た長男は、夕食もそこそこに寝込んでしまった。母親は富山の薬売りから毎年買っていた常備薬の中から胃薬を選び出して飲ませた。しかし、夜中になって少年は三十九度を超える高熱と、腹中かきむしられるような痛みを訴え出した。驚いた父母は町の診療所に電話を入れた。だが、空しくコール音が繰り返されるばかりで受話器の上がる気配はない。金曜の夜——その実土曜に入っていたが——で土曜は午前中診療があるから医者はいるはずだが、診療所の先生は夜中は診てくれねえよ、土、日も奥さんと二人でさっさとどっかへ出かけちまって大抵おらねえ、と、そんな噂が巷間囁かれていることに思い至った。

町に診療所が建ったのはまだほんの半年前で、初代の院長として赴任してきたのは四十代半ばの、どこか影のある人物だった。娘のように若い女を伴っていた。どう見ても夫婦には見えなかった。男は愛人と駆け落ちして来たに相違ない、と町の者たちは噂し合った。

女は看護婦だった。人材確保のルートに事欠く町としては、ある医療ジャーナル誌の「求人広告」欄に載せた記事を見たと言って応募してきた医者を、開院が迫っても他に応募者がなかったから無条件で雇い入れた。連れ合いが看護婦だから一緒に雇って欲しい、という申し出も、一挙両得と割り切って応諾した。町はもうひとりの看護婦と受付の事務員一人を用意した。

ところが、二人の看護婦は端《はな》から折り合いが悪かった。非は明らかに医者の連れ合いC子の方にあった。正看護婦というのでもうひとりの准看護婦Kの方が五、六才年長であったにもかかわらず〝主任看護婦〟の辞令を受けていたが、採血や注射の技術においてはるかにKに劣っていた。患者はすぐさま二人の〝ウデ〟の差を悟り、採血をするならKさんにして欲しいと訴えた。C子の面目は往往にしてつぶれた。その腹いせに、Kや事務員、さては患者に八つ当った。医者は見て見ぬ振りをしていた。

医者のほうは、年に不足はないから見立てもいいのだろうと期待されたが、よく分からんなあ、というのが口癖で、評判はよくなかった。一度で見切りをつけた患者もいたし、二度三度と通った段階でいっかな症状が良くならず、隣町の開業医や市民病院に鞍代えする患者も少なくなかった。

当初は四十人くらい押し寄せた患者が、半年も経ぬ間に半分に減った。診療所は大幅な赤字経営となり、町の為政者は頭を痛めた。良三の兄が急変して医者に往診を求めたのはそんな矢先だった。

電話が通じないのに業を煮やした母親は、軽トラを駆って医者の公舎に馳せ、玄関のインターフォンのボタンを押した。二度三度と押したが応答がない。しびれを切らしてドアを拳で打ち叩いた。

「ハーイ、どなたあ?」

ほとんど諦めかけた時、物憂げで咎めるような女の声がマイクに返った。母親はマイクに口を寄せ、子供の状態を早口でまくしたて、大至急往診をお願いしたい、と告げた。

「ウチの人も具合が悪くて、もう寝ているのよ。ちょっと、待ってね」

遮るように言い放って女の声は消えた。待つこと二、三分、女の声が返った。

「往診できる状態じゃないからお薬だけ出しておきます、て。診療所の前で待ってて」

「えっ？　あ、もしもし…！」

薬だけでは心許《こころもと》ない、何としても診て欲しい、往診が無理なら本人を診療所まで連れて来る、と言いたかった。

処方された薬にいちるの望みを託したが、少年の症状は良くならなかった。額に氷のうを乗せ、海老のように体を折り曲げてうんうんと唸っている子供の背をさすりながらまんじりともせぬ一夜を明かした。診療所が開くのは午前九時だったが、待ちきれず、八時に公舎に電話を入れた。他の患者に先立って診てもらいたい、診療所へ行く前に寄ってもらいたい、と思ったからである。だが、医者もC子も出ない。

「もうええ。診療所の医者はあてにならん。救急車を呼んで市民病院に連れてってもらう」

夫が傍らで声を荒らげた。妻は頷いた。良三の兄は四〇度の熱と間断なき腹痛にあえいでいた。無性に水を欲しがったが、与えればややもせぬうちに倍になって口から吐き出された。

市民病院の外科医は少年のただならぬ様子に血相を変え、何故もっと早く連れて来なかったのかと両親を咎めた。

直ちに手術が行われた。虫垂が腐り切って破れ、便臭を帯びた膿が腹の中一杯に広がっていた。手術は一時間そこそこで終ったが、少年の意識は元に戻らなかった。小便が出なくなり、尿毒症を併発した。人工透析が施されたが、それも二日で終わった。大腸菌によるエンドトキシンショックは不可逆的で敗血症を併発し、呆気なく少年の命を奪い去った。

「たかがモーチョーで死ぬなんて…！　そんな、馬鹿なっ！」

子供の臨終を告げられた時、父親は吐き捨てるように呟いた。

葬儀が終わった日の夜、彼は赤と黒のペンキを注いだバケツと刷毛を手に家を飛び出すと、診療所の玄関のガラス戸に「ここの医者は人殺しだ!!」と書きなぐり、医師公舎の玄関のそれには「ヤブ医者は出て行けっ!!」と大書した。

一ヵ月後、医者とその連れ合いは忽然と姿を消した。次の医者がすぐに見つかるわけはなかったから町役場はうろたえた。町長、助役、健康福祉課の課長が首を揃えて市民病院の院長に窮状を訴え、次の医者が見つかるまで何とか助けて頂きたいと懇願した。ウチも医者が余っているわけではないので、と院長は難色を示した挙句、研修医でもいいなら二、三人、週に一日ずつ交代で行ってもらえるかも知れない、と答えた。結構です、何卒宜しくと、三人はひたすら頭を下げた。

隔日に週三日の診療、担当医は卒業して二年目の研修医ばかり、という変則の診療体制で辛うじて閉鎖を免れたが、住民からの苦情は絶えなかった。

「若い医者ばっかしで頼りになれへん」

「週の半分も休みじゃ、急病になった時、間に合わん。夜はおらんしよ」

「ちょっとしたケガや腹イタで市民病院まで行くのは難儀の沙汰だあ。さんざ待たされるし、一日掛りよ」

「何のために診療所を作ったんだ。医者を一本釣りするしか手がないのかよ」

「どこぞの大学病院とコネをつけられないのかや」等々。

こうした不平不満の陰で、いつしか、良三の父親に対する非難が囁かれ始めた。確かにいい医者じゃなかったが、いないよりはましだった、少くとも市民病院のペイペイの医者よりはましだった、それを三島の親父は檄文をペンキなんぞで書きなぐって大恥をかかせたから医者も怒ってケツをまくっちまった、咎めるにしてももうちっと穏かなやり方があったろうに、と。

親たちのそうした愚痴は子供らにも伝わり、良三は学校でいじめにあった。

「お前のおとうが酷いことしたから診療所の先生が怒って出ていった。町の人がそんで皆困っとるんだぞ」

良三は反撥した。

「なんじゃと！　俺の兄やんは診療所の先生が診てくれなかったんで手遅れになって死んだんじゃ！」

良三の診療所嫌いは、苦苦しいこの幼児体験に根ざしていた。

半年程して、漸《ようや》く新しい医者が着任した。しかし、良三の両親は診療所に寄りつかなかった。富山の薬売りの薬で凌いでいたが、幸い大病を患うことなく年を重ねていき、二人とも八十の境を越えたところで呆気なく他界した。

（二）

清子は二十四で隣町から良三に嫁いできた。物心ついて以来自分の容姿にコンプレックスを抱いていたから、自分をもらってくれるような男がいたら二つ返事で承諾するつもりだった。二十歳を過ぎた頃から一年に一度の割で見合いをしたがまとまらなかった。あまり好感は抱かなくても、先方へこちらから先に断りを入れたことはなく、常に向こうから断られた。漁師は魚くさくてイヤ、平凡でもサラリーマンがいい、というのが清子の唯一の条件だったが、漁師町でそんな贅沢言ってたらいつまで経っても嫁に行かれへんよ、と母親は諭した。父親も漁師だった。それでもかわいい娘の望みを叶えてやりたいと、母親は知人縁者に頼んで民宿や電気店の倅を清子の見合い相手に持ってきたが、結果は清子を落ち込ませるだけのものに終わった。

父親の漁師仲間の息子だという良三との見合い話が持ち込まれた時、いいよ、会ってみるよ、と答えたのも、半ば捨て鉢な気分からだった。

良三は三十を過ぎており、色浅黒く髪も剛毛で逆立っていたが、中肉中背の体に中高の彫りの深い容貌で、清子の胸は我知らずときめいた。

翌日、仲人から、先方は清子さんをかわいい人だ、是非欲しい、と言っているがどうする、と電話が入った時、清子は我が耳を疑い、私もとても良い印象を受けました、と答えていた。よし、決まりだな、と仲人は受話器の向こうで声を弾ませた。

だが、蜜月は長くは続かなかった。結婚して二年目に彩子を生んでから太り出した清子を、良三は、ブスだ、豚だ、と、酒に酔ってはからかうようになった。さては、娘は俺に似て幸せ者だ、お前に似たら、俺のような奇特な男はそうそう世の中にいねえから、行かず後家になるところだったぜ、よかったなあ彩子、名前負けせんで、と、清子の膝から赤子を奪い取ってその類をつついたりした。

だが、そう言う良三自身、五、六年もするとぶくぶくと太り出し、三十代半ばでもう太鼓腹のおっさん風情になった。口には出さなかったが、清子の方も夫に幻滅を覚えていた。

両親の不和を、彩子は敏感に感じ取った。顔は父親譲りだが、気持は母親の方に傾いていた。娘の目には、常に父親が加害者で母親が被害者に映った。

食事の卓は祖父母も一緒でまだしも気が紛れたが、夕餉の折には男二人が長長と晩酌を交し合う。酔いが回ると良三は清子に絡み出し、ブス、豚、が始まる。

「やめなよ、お父ちゃん！　自分の方が豚の癖に！」

中学まではじっと耐えていたが、高校生になると、彩子はたまりかねて父親に食ってかかった。

「いいよ、いいよ。どうせ私はブスで豚だから」

と清子は笑い流す。それが彩子には切なかった。

「何だとう！　お前は俺に似たからちっとばかし器量良しに生まれたんだぞっ！　有難く思えっ！」

焦点が合っているような合っていないような、酔って据わった目を返して良三は彩子にやり返す。

「もう限界。お母ちゃんのこと心配だけど、あたし、家を出るよ」

高校三年の秋、彩子は清子にこう言い放った。

「出る、て、どうするん？」

丸顔で鼻も口も丸いが目だけは細い、その目を一杯に見開いて清子は娘を見返した。

「美容師になる」

自分より顔半分背が低いから否でも見下ろす形になる母親に背を屈めて目線を合わせながら、彩子は思いの丈を打ち明けた。クラブ活動で一緒だった一年先輩の水尾房江がやはり美容師を志してこの春上京、首尾よく美容学校に入った、その人を頼っていく、当面房江さんのマンションに同居させてもらう、自立できるまで仕送りお願いね、云々。

清子から娘の決意を知らされた良三はうろたえた。

「何でそんな都会なんぞへ行くんだあ。こっちで俺みたいなええ男を見つけて早う子供を作れっ！」

と、朝な夕なわめき散らした。彩子に目のなかった祖父母も良三に口を揃えた。

「父ちゃんがええ男かどうかは知らんけど、そんな、彩ちゃんのような可愛い女の子が都会へ出たらあぶないで。悪い男がわんさ寄ってくるで」

祖父は酔いにまかせての口上だったが、心底自分を心配してくれる祖母には後髪を引かれた。しかし、先輩と一緒だから大丈夫、この子の好きなようにさせてやって、いざとなったらひとりでも食べていける仕事を身につけることは女にとってもいいことだよ、と、清子が懸命にとりなし、祖父母を納得させた。俺は承知ならんと、ひとりいきまいていた良三も、娘の決意が固いと見て取るや、憮然として口をへの字に曲げたまま、二度とその話題には触れなくなった。

「海が恋しくなるだろうから、時々、帰るよ」

清子と祖父母の後に佇んで、相変わらず唇をへの字に曲げたまま黙然と自分を見送っている父親へ、彩子は最後にこう言い残して旅立った。自分に似た大きな目をしょぼつかせただけで何も言い返さないまま佇んでいた父親の姿が哀れだったが、華やかな都会に着くと、そんな感傷も吹き飛んでしまった。


「まるで帰ってこんやないか。嘘ばっかしこきおって」

盆が来ても一向に帰ってくる気配のない娘に業を煮やして、良三は清子に八つ当った。

「父ちゃんがそう言っとるに、帰って来んかい」

夫にせつかれて電話を入れると、お盆はラッシュだから帰りたくない、正月に帰るから、と、彩子は素っ気ない返事をよこした。

大晦日に、やっと彩子は姿を見せた。

「おー、キレイになったな」

髪が長くなり、化粧も板についた娘の顔を、良三は眩しそうに見た。

「父ちゃんも元気そうで何よりだけど、そのお腹はもう少し凹まさんと」

良三は娘の視線を遮るように太鼓腹へ両手をあてがった。

友だちのマンションを出てひとりで住みたい、と彩子は母親に訴えた。敷金と礼金で少しばかり散財になるけど何とかしてもらえないか、と。

「どうしたん？　友だちと何かあったんか？」

彩子は素直に頷いた。同窓生で気心が知れ、志も同じくする者と一緒だから楽しい、部屋代も半分になったし一石二鳥や、と喜んでくれた水尾房江が、この頃様子が変ってきた、自分の同居を快く思わぬ素振りが目に付き始めた、というのだ。

「あんたがいびきか歯ぎしりでもするからじゃないの？」

狭い一ＤＫのマンションの共同生活と聞いていたから、咄嗟《とっさ》に思い当たるのはそんなことくらいだった。

「そうじゃない。それはどっちかといえば房江さんの方で、我慢してるのはあたしの方だと思うけれど…」

清子の推量を打ち消してから、どうやら彼氏が出来たらしくて、マンションに彼を入れたいみたいなの、と彩子は意外なことを口走った。

「入れたい、て……男の人とそこに棲む、ちゅうことか？」

先輩と言っても一つ違いだから二十歳になるかならぬかだ。二十四で良三と平凡な見合結婚をした清子には、まだ未成年の小娘のマンションに男が出入りする、否、棲みつくかも知れない、などということは想像するだに怖気がふるった。

「それは分からないけど、とにかくあたしが邪魔らしいから、出て行くことにするわ。転がり込んだのはあたしの方だから」

それはその通りだと納得したが、一人暮らしを始めれば娘も水尾房江の感化を受けて男を部屋に入れかねない、と清子は案じた。

だが、一年後、彩子はつつがなく美容学校を卒業し、ある大きな美容院に勤めることになった、と伝えて来た。

社会人になっても、彩子が帰省するのは相変わらず正月だけだった。忙しい、とにかく忙しくて、というのが、時折様子を探りながらそれとなく帰省を促す清子の電話への言い訳だった。長話には応じるから、男がマンションに来ている気配はない、と安堵する、それがせめてもの代償だった。

が、二十五を過ぎても結婚のけの字も言って来ない娘に、さすがに清子はやきもきした。

「あんた、母ちゃんがお嫁に来た年を越えたで。そろそろ身を固めんと……付きおうてる人はおらへんのか？」

誕生祝いの電話をかけた折、清子は娘にこう問い質したが、返って来た答は何とも歯ごたえがなかった。

「なくはないけど、結婚までは考えられへん」

清子は不安に駆られた。

「あんた、恋愛もええか知らんけど、お見合いも考えたらどうえ？　彩子はんまだ独りか、言うて、色々言うてきてくれる人がおるんやけどな」

「母ちゃんの二の舞になりかねんからお見合いはイヤや。当り損ねたら一生泣かなあかんやろ」

娘の逆襲に、清子は返す言葉を失った。

それから更に五年を経て彩子が三十路にかかった時良三が倒れた。見舞いに帰省した娘に、清子は哀願するように言った。

「父ちゃん、またいつ倒れるか分かれへんで。糖尿病やと言うことやし。早う孫の顔を見せてやらんと……」

彩子は苦笑を返した。

「まだ当分駄目よ。仕事がやっと面白うなってきたところやから」

そしてまた春夏秋冬が幾度びもめぐり、いつしか十年の歳月が流れて、彩子が不惑の年を迎えた時、父親の死に遭遇した。

早春の朝まだき、海上に漂う船の中で良三がうつ伏せに倒れているのを漁師仲間に発見された。絶命して既に一時間は経っておろう、死因は心筋梗塞に相違ない――検死に駆り出された清子のかかりつけの開業医は、眠た気な目を瞬きながらこう言った。

「あんな身勝手で我がまま放題のお父ちゃんに、お母ちゃん、よく仕えたよ。悔いはないやろ。お疲れ様」

夫の急死を知らせた清子に、彩子は淡々とした物言いで締めくくって電話を切った。

（三）

良三の通夜、葬儀を済ませ、母親と二人になったところで彩子が切り出した。

「あたし、帰ってこようかな」

清子の細い目が、「まさか！」とばかり驚きを含んで少し丸まった。

「それは、嬉しいし、心強いけんど、戻ってきて、どないするんや？」

「勿論、美容師として働くわよ。あたしにはそれしかでけへんもの」

「働く、て、どこぞ当てはあるんか？」

「美容院を、自分で持つ」

「えっ、どこに……？」

「ここしかないわよ。庭をつぶすことになるけど、建てさせて」

「それは、構へんけど……こんな所で美容院始めて、お客がつくんかいな？　父ちゃんはこの辺の人にあんまり好かれてへんかったし、その娘の店というんじゃ、誰も寄りつかへんよ」

「大丈夫。あたしはお父ちゃんと違うもん。それに、お母ちゃんは嫌われてへんやろ?」

「どうだか。連れ合いと同じ穴のムジナだ、て思っとるんやないか」

「それでもええよ。お客は一日に二人もあれば何とか食べて行けるけん、心配あらへん」

「けんど、元手がいるやろ?」

「ウン、一千万円くらい、かかるかも」

「そんだけのお金、あんた、都合できるんか?」

「何とかね。でも、当分は銀行から借りるわ」

まだ半信半疑の面持ちで、清子は繁繁と娘を見た。

「本気なんやな?」

「ウン、都会にももう飽きたしな。海が恋しくなったんや。それに、お母ちゃんをこんな寂しい所にひとり置いてかれへん思うて……」

清子は涙ぐんだ。それを隠そうとしてツイと座を立ち台所に逃げたが、ややあってポットと急須を抱えて戻ってきた時には、目はもう乾いていた。

「それより、あんた、世帯持つ気はあらへんのか?」

付き合っている男がなくはない、と言っていたが、都会を捨てて年年過疎化が進む郷里の漁村に帰ってくると言うからには、目下は意中の男はいないということだろう。

「あたし、男運が悪いんやわ。いいな、て思って付き合い出した男はみんな訳ありで、二股かけてたり妻子持ちだったり……体よくあたしを弄んでいるだけだ、と悟って幻滅を覚え、おしまいになるの。結局、ろくな男はおらへん、て分かったから、もういいの。お母ちゃんたち見てたって、結婚なんてちっともいいと思わんかったしな」

「悪かったね。あんたに悪い見本を見せて。わたしはご覧の通りのブスやから、もろうてくれる男はんがいたらめっけ物と親にも言われてたし……若い時のお父ちゃんはあんでもキリッとした男前やったからいっぺんでボーとなってしもうてな」

「いいんよ。お母ちゃんと一緒になるまでお父ちゃんはさんざ女の人と遊んでたんやろから、ほんまはお母ちゃんのような初《うぶ》な人をもらう資格なんかなかったんや。自分が初めての男やという女の人をもろうて、お父ちゃんは男冥利に尽きたと思うわ。何のかのとお母ちゃんをけなしても、結婚してからはお父ちゃん、浮気せんかったんやないか?」

「さあ、それは分からへんけど……けんどまあ、何とか連れ添うたんやから、人様並の夫婦やったかもな。この家以外、なあも財産かて残してくれへんかったけど。いんや、あんたというかけがいのない娘をひとり置いてってくれたか。それも、親よりウンと器量良しでスタイルもええ女子に育ってくれた。その点は父ちゃんに感謝せんとバチが当たるわ」

清子は良三の遺影を流し見た。彩子もつられて視線を合わせた。結婚式の記念写真でしか覚えのない壮年の父のスラリとした面影は微塵もない、ぶくぶくに太って貫禄ばかりは人後に落ちない初老の男がニンマリ笑っていたが、その目が自分に注がれているのを見て取るや、不意に、思いがけず熱いものが彩子の胸からのどもと、更に両の目へと一気に駆け抜けた。同時に、父親に疎遠の限りを尽してきた自分を、初めて〝親不孝もん〟だと思った。


その夜、清子と枕を並べて床に就いたところで、彩子は切り出した。

「あたしが高校出て東京へ行ったんは、ほんまはお父ちゃんのせいばかしでもなかったんよ」

清子は驚いて薄明かりの中に娘の顔をまさぐった。彩子は天井に目を凝らしたまま続けた。

「好きな人が、あったんや」

「ええっ……！」

清子は仰天した。

「そんなこと、一度も言わんかったやないか」

「ずっと片思いやったからね。言うてどうなるもんでもなかったし……」

「誰や、それ」

「高校三年の時の同級生。原村先生の息子や」

「ええっ！　あんたの中学の校長さんしてはった？」

「うん。さすがは校長さんの子や。ようでけはったわ。あたしなんか並の女の子やったから、恐ろしうてよう近寄れへんかった」

「けど、何でまた東京へ行く気になったんや？」

「彼が、東京の商船大学へ行ったからや」

「しょうせんだいがく？」

「船乗りの学校や。この辺の船乗りやないで。よう分からへんけど、大きな客船や観測船なんかの航海士を養成する学校やろな」

「フーン。それであんた、その人を追っかけてったんかいな？」

「まあ、そういうことね」

「それで？　付きおうたんか？」

「いんや。あっさり肘鉄食わされるのが恐ろしうて、休みの時なんかに商船大学へこっそり行って、学校の中をウロウロしてただけや。ひょっとして、偶然、バッタリ出くわせへんかと思うてな」

「そんなん、会えるわけないやろ。学校の休みの日なんかに」

「まあな。けど、休みの日でも時々学生さんの姿は見かけたんや。未来の海の男たち、カッコよかったわ。みんな原村さんに見えて、ドキドキした」

「けんど、結局は、会えへんかったんやろ？」

「ううん」

「えっ……!?」

清子はまた驚きを新たに寝返ったが、彩子は思いを凝らした面持ちで相変らず天井を見すえている。その横顔の輪郭は若い日の良三のそれを髣髴《ほうふつ》とさせ、今更にしてこの子は父親似だと思い知らされた。

「会えたんか？」

我知らず胸が高鳴るのを覚えながら、ひと息ついてから清子は問いかけた。

「美容師で働き出して休みが月曜になったから、ひと月にいっぺんかにへん、講習のない日に出かけたの。構内にレストランがあって、そこでお昼を食べるのを楽しみに。そうしたら、ある日、近くのテーブルに、三、四人連れ立ってきた学生さんが坐りはった。そのうちのひとりが慶一郎……あ、原村さん、やったの」

娘の思い人のフルネームが「原村けいいちろう」と知りながら、清子の胸の動悸は続いた。

「向こうも、気付いたんか？」

「気付かんかったみたい。ヘアスタイルも変わってたし、高校時代とは大分様変りしてたからね。それに、あたしがそんな所におるはずがないという頭があるやろから、チラとこっち見て一瞬怪訝そうな顔しやはったけど、他人の空似くらいに思ったんじゃないかな、またすぐそっぽ向いて友だちと話し始めはった」

「そいじゃ、あんたから声をかけたんか？」

「うん。あたしはもうなーも喉に通らなくなって、お茶ばっかし飲んで彼が食事を終えるのを待ったわ」

「フン」

「食事が終わってもいつまでも話し込んでるんでイライラしたけど、やっと腰を上げて、もう一ぺんあたしの方をチラと流し見たから、その瞬間、あたしも立ち上がって、原村さん、て呼びかけたの」

「びっくりしやはったろうね？」

「そりゃもう……暫《しばら》くキョトンとしてはったわ。やっと思い出してくれて、どうして君がここに？　て聞かれて」

「何て答えたんや？」

「ありのまま言ったわ。原村さんに会えるんやないか思うて、て」

「信じてくれたか？　二年間通いつめたことも話したか？」

「そんなこと、いきなり話せへん。それに、彼はまだ学生で、午後の講義があるから言うて、そのまま十分程立ち話しただけで終わってしもうた」

「それで？」

「何日かして、改めて会うた」

「そこで、思いの丈を伝えたんか？」

「まあね」

「で、お付き合いを始めたんか？」

「うん。けど、結局、別れたし」

「どれくらいお付き合いしたん？」

「一年と、十ヶ月、かな」

「そんだけ付きおうて、何で別れたんや？」

「あの人には、他にも付き合ってる女がいたみたい。あたしは、飛んで火に入る夏の虫で、手頃な遊び相手だったんよ。所詮は、あたしの片思い」

清子は初めて娘の青春の一端に触れた思いがした。

「それで愛想つかして別れたんか？」

「だったらいいけど、そうと知ってもこっちからは別れられへんかった」

「そんじゃ、原村さんの方から？」

「ハッキリ言われたわけじゃないんよ。段々会うことが少なくなって……卒業試験や就職活動で忙しいからというのが口実だった。それを真に受けて、じっと連絡を待ってたけど、四月になっても音沙汰あらへんし、電話も通じへんようになってしもうたんで、不吉な予感がして、ある日、彼のアパートを訪ねたの」

清子は胸苦しさを覚えてきた。

「そしたら？」

「アパートは、裳抜《もぬけ》の殻やった。と言うより、もう別の人が入ってたわ」

「つれないお人やなあ。さよならも言わんと。けど、その気になりゃ、こっちの親御はんに尋ねるという手もあったんやないか?」

「逃げてった人を、そうまでして追っかけとうないわ。余計みじめになるだけやもの」

「けど、あんたがこれまで結婚せーへんかったんは、その、原村さんのことが忘れられへんかったからやないのか?」

彩子は首を横に振った。

「そんなことないよ。あんな薄情な男のことなんか、すぐに忘れてしもうたわ」

言い放って彩子は目を閉じた。清子は、確信は持てなかったが、娘の今の言葉は嘘だろう、と思った。

(四)

美容院「愛花夢」は、それから半年後に開院した。

清子の懸念は的中し、客のない日が続いた。退屈を持て余した彩子は清子を強いて椅子に坐らせた。

「そんな、勿体ないよ。髪を綺麗にしたって見栄えする顔じゃないんやから」

清子は尻込みしたが、彩子は譲らなかった。

「パーマかけて白毛も染めたらうんと若返るよって」

セットの間、清子は大方目をつむっていた。自分の顔を鏡に見るのが嫌だったからだ。それは醜女に生まれついた者の宿命と諦めながら、一度でいい、「鏡よ鏡、この世で一番美しいのは誰？」と、自己陶酔に浸ってみたかった。

「お母ちゃん、ほら、しっかり目を開けて見てみい。五歳は若返ったよ」

彩子の声に、清子はキュッと閉じていた瞼を恐る恐る開いた。

「アンレ、まあ！」

清子は頓狂な声を挙げ、鏡の向こうの自分を繁繁と見すえた。白毛は失せ、ホウキのように無造作に項に垂れていた髪は軽やかにウエーブがかっている。

様変りしてすっかり若返った清子は動く広告塔になった。近所界隈の女たちが、清子はんのようにして欲しいと言って店に来るようになった。それでも、日に三人も客があればいい方で、一人も来ないという日もあった。人口七千のさびれた漁村にも美容院は既に二、三あって、町の女たちは大抵そのいずれかに通っていたから、新規の店にすぐに転じて来るはずはなかった。

その日も昼下りまで客はなかった。暇つぶしに客用のソファで婦人雑誌を読んでいた彩子は、店の前で車の停まる音がしたのに気付いて雑誌から目を上げ、外を見やった。

ゆっくりした動きで、大方白髪の頭が運転席から車外に出た。

彩子は雑誌を打っ遣って店の入口に向かい、ドアを開いた。刹那、三段ばかりの石段に足をかけた老人と目が合った。「アッ……!」と彩子は思わず小さく叫んだ。

見覚えののある顔と体型だった。咄嗟に蘇っていたのは、四半世紀前の少女の頃目にしたセピア色の写真の一コマだ。しかし、錯覚かも知れない……。

「あー」

のけぞった姿勢で老人は口を開いた。

「こちらのお店は、女の人でないと、散髪してもらえませんかな?」

老人は右手の人さし指と中指で鋏の形を作って鬢《びん》の辺りの髪を切るゼスチャーをしてみせた。

「えー、まあ、原則的には、そうですけど、でも、カットくらい、しますよ」

「カット……?」

「あ、つまり散髪のことです」

「それを、やってもらえれば、と思って……」

「いいですよ。でも、美容師はカミソリを持てないから、お髭は剃れませんけど……」

「あ、そう……頭は、洗ってもらえますかな?」

「それは、勿論」

「じゃ、頼みます」

老人は破顔一笑して石段を踏みしめた。


男の客は、東京の美容院でもたまに紛れ込んできた。髭のない中性的な若者が多かったが、中には中年の男もいた。

彩子が最初に手がけた四十がらみの男は、二度目から彩子を指名してくるようになり、やがて、デートに誘った。

端から虫の好かない男だった。カットのさ中も終始ニヤニヤして、彼氏はいるのかとか、どこに、どんな所に住んでいるのか等、やたらプライバシーに立ち入る質問を浴びせかけた。

デートの誘いは外からの電話だった。男の下心は見え見えだったから、断った。すると、一週間程してまた店に電話をかけてよこした。

「君な、独立した店を持つ気はないか?」

男はいきなりこう切り出した。

「少しでもその気があるなら、スポンサーになってやってもいいぞ」

高飛車な物言いだったが、少しばかり気持が揺れた。

三十に手が届こうとしていた。毎年一人か二人はやめていき、彩子のような十年選手は二、三人しか残っていなかった。

勤めて五、六年たった頃、思いがけない人物が入職してきた。水尾房江だった。付き合っていた男と結婚し一児をもうけたが、男は早早に他に女を作って出て行ってしまった、生活費もろくろく送ってよこさないから働かざるを得なくなった、子供は保育所に預けて通っている、よろしくね、と、過去のいきさつなど気にも留めていないといった顔であっけらかんと言い放った。

美容師としての修練期間が短い上に不器用さも手伝って、房江の客受けは芳しくなかった。店長は給料を抑え、不満なら指名料で稼ぐことね、と口癖のように言った。店長自身、客の指名は圧倒的に多く、よく働いた。技術も確かだったから、彩子は彼女のようになりたいと思い、そのきついしごきにも耐えていた。そうして漸く指名客を取れるようになった頃房江が現れたのだ。

自分の力不足を棚に上げて、指名料が皆無に近かった房江は彩子をやっかんだ。さては昔の話を持ち出し、今度は私が助けてもらう番よ、と、借金をせがんだ。小刻みに一万、二万とせびられ、五年で二十万にも達していた。

スポンサーを名乗り出た男の話に気持が少しばかり揺らいだのは、そんな房江とのしがらみから逃れたい思いがフッと胸によぎったからだ。

男はホテルのロビーで待ち構えていた。レストランに誘われ、昼食を摂りながらの話になった。

男は単刀直入に切り出した。店は十坪もあればいいだろう、俺が持ってる物件を回してやる、内装費も無論出してやる、その代わり、俺の女になれ、と。男は不動産業者で妻子持ちであることも隠さなかった。

彩子は苦笑した。

「思った通り、おいしい話には毒が付きものだったわね。生憎《あいにく》あたしはそういう生き方はしたくないから、お断りします。それに、好きな人もいますから」

男は眉間に険をにじませ、にらみつけた。

「付き合ってる男はおらんと言ったじゃないか」

「それは、お店の人たちの手前ですよ」

「フン、その男は、甲斐性あるんかね？　あんたに店を持たせるくらいの」

「別に、お店など持たなくても今の所で充分満足してますから」

「だったら何故来たんだ？　俺の話に食指が動いたから来たんだろ？」

「万に一つ、無条件でお金を下さる、てお話かも知れないな、と思ったから」

「チッ、冗談も休み休み言え。どこにそんな奇特な男がおるもんか！　男と女、いや、世の中は皆ギブアンドテイクで成り立ってんだ」

「お互いそれで納得ずくならいいんじゃありません？　たまたまあたしはそんな風に割り切れないだけで。でも、割り切れそうな人はあたしの身近にもいるから、その人に当たってみたら？」

男の眉間から険が失せ、目尻が下がった。

その晩彩子は房江に電話をかけ、男のことを話した。あんたのお下りなんて面白くないな、と皮肉りながら、でもまあ話だけ聞いてみるわ、引き合わせて、と言った。彩子は男から告げられた携帯の電話番号を房江に教えた。

半年後、房江は忽然と姿を消した。彩子が貸した二十万円は踏み倒された。だが、その存在そのものが疎ましくなっていた人間が目の前から消えてくれたことで、代償は充分にあった、と割り切った。

（五）

「いやあ、助かりました」

椅子にかけるなり、鏡の中の彩子を見すえて老人は言った。

「近頃、目が悪くなりましてな、車の運転も遠距離は億劫になって……ひと月に一度がふた月に一度になり、そろそろ行かなきゃと思っていた矢先、フッと新聞の折込みチラシが目に入りましてな、ここなら車で五、六分と思い、一度お尋ねしてみようと思い立った次第でして」

新聞にチラシを入れたのは開店日だからもう半月以上前になる。そのチラシを眺めながら老人は逡巡を重ねていたということか？　それにしては、電話の一つもかけて打診してくれてもよかったのに――いや、そうでなくてよかった。電話で照会されれば断っていた確率が高い。そうすれば、降って沸いたようなこの邂逅は永遠に与えられなかっただろう。

老人は品良くおとなしく腰かけ身を委ね切っている。項《うなじ》に伸びた髪をカットする時は鏡の中の正面に据えた顔を、横に回って鬢の毛に鋏を入れる時はその横顔を、彩子はつぶさに観察した。

（似ている！　あの人によく似ている！）

一つの確信と共に、二十年近くも会っていない男の面影がちらつき始めた。二十一歳の時処女を捧げた男だ。その折の痛みと喜悦は、さすがにもう風化しつつあったが、男が忽然と姿を消した時の、心臓に釘を打ちつけられたような激痛と、その後に襲った虚脱感はいまだに拭い切れていない。

彩子が郷里に帰ることを決意したのは、父親の死によってひとり取り残される母親を思ってばかりではなかった。自分を捨てた男への未練も手伝っていた。東京にいてはもう消息は掴《つか》めまいが、郷里に戻れば、男の実家はさ程遠からぬ所にあり、噂くらい聞こえてくるだろう、たまには男が帰省することだってあるだろう、そして、自分の店にヒョッコリ顔を出さないとも限らない――そんないちるの望みに賭けるものがあったのだ。

「ところで――」

洗髪を終えて整髪にかかったところで、老人が鏡の中の彩子に話しかけた。

「はい……？」

いささか勿体ぶった口調に、鳴りを潜めていた心臓がまた怪しく騒ぎ出した。

「お店の名前ですが、洒落てますな」

「えっ……あ、そうですか？」

「愛、花、夢、一つ一つはたやすく思いつくが、くっつけてアイカムとは、なかなか奇抜な命名だと思いましてね。どこから思いつかれたんです？」

「有り難うございます。もともとは、帰郷、て意味でつけたんです」

「ききょう？　花の？」

「いえ、故郷に帰る、の帰郷です」

「ハテナ？　それと愛花夢とはどう結び付くのやら……」

「英語で、故郷に帰るはアイカムバックツーホーム、て言いますでしょ？」

「ウン？　あ、なーるほど！」

鏡の中で老人は破顔一笑した。

「その、アイカム、です。漢字は適当に当て字を振っただけで」

「いやあ、恐れ入りました。あなたは、さぞや英語と国語がお得意だったんでしょうな？」

「とんでもありません。中学はまあまあでしたけど、高校に入ったらもうついて行けなくて、劣等生もいいとこでした」

「失礼だが、中学は、どちらで？」

こちらにヒタとすえられた鏡の目に、彩子は一息二息ついてから、微笑を返した。

「先生が校長をしてらしたＴ中です」

「えっ……!?」

驚きを放った老人の口がそのまま弛緩したように開きっ放しになった。

「原村先生、ですよね？」

彩子が意を決したように言い放つと、若返った老人の顔がほころんだ。

「いやあ、良く覚えていて下さった。もう二十年以上も前のことになりましょうに。で、あなたのお名前は？」

「三島彩子、です」

「みしま、あやこ、さん……？」

咀しゃくするように老人は鸚鵡《おうむ》返しした。

「帰ってアルバムを繙《ひもと》いてみましょう。Ｔ中は、最後のご奉公先でした。それこそ、あなたじゃないが、カムバックツーホーム、したわけです」

彩子が大きく頷いたのに気を良くしたのか、老人は一段と饒舌になった。

「退職後は町の教育委員会でボランティア的なことをさせてもらいましたが、二年前に家内に先立たれてから、その気力も萎えましてな、以後は晴耕雨読、気ままな独り暮しです」

（二年前に奥さんを亡くした……!?）

彩子の頭の中で何かが弾けた。

唇が乾いた。それを舌で湿らし、生唾をゴクンと呑み干してから口を開いた。

「お葬式には、勿論、息子さんの慶一郎さん、お帰りになったんでしょうね？」

「えっ！　あなた、倅を、ご存知で？」

鏡の中で視線がぶつかったところで、彩子は頷いた。また唇が乾き出した。

「高校で、一度、同じクラスになりました。慶一郎さんは秀才で、あたしは劣等生でしたから、小さくなって、そっと遠くから見ていただけですけど」

これ以上は言うまい、まして東京でのことは口が裂けても言うまいと自戒していた。

「何の、学校の成績より大事なのは、気持、心の在りようです。その点で倅は劣等生ですよ。高校時代から、私とはほとんど口をきかなくなりましてな、海の男になる、なんて言って東京の商船大学に入りましたが、それっきりほとんど音沙汰なしで……」

「でも、お母さんのお葬式には……？」

「ええ、ええ、さすがに戻ってきましたが、二、三日で帰ってしまいまして、またそれっきりですわ」

彩子はもう一度唇を湿らせた。

「結婚はなさっておられるんでしょ？」

「いや、それが、お恥ずかしい限りで……」

老人の声が小さくなった。彩子は耳をそばだて、目で相手の二の句を促した。

「いまだにひとりもんのようでしてな。所帯は持たんのかと問いただしたんですが……」

「はぁ……」

老人の肩を揉む手に力が入った。

「一年の大半を海で送ってる男に家庭なんぞ煩らわしくって、などと嘯《うそぶ》きおりましてな。原村家も、もうおしまいですわ。生憎、子はアレしかおりませんでな」

「そんな、男の四十は、まだまだこれからですよ。子種だって、女のように簡単に尽きてしまわないんですから。それに、いつまでも海の男でおれるわけでもないでしょうし……その内落ち着いて、家庭を持ちたくなりますよ」

妙に気分が昂揚して、相手の冗舌を奪っていた。そんな自分をヒタと見すえている老人の目に気付き、彩子はあわてて視線を外しかけた。刹那、そうはさせじとばかり老人が口を開いた。

「失礼だが、あなたは、無論、もう、家庭をお持ちでしょうな?」

「えっ……あ……いえ……」

面食らって彩子は頬を赤らめた。老人の目が絡みついた。

「ひょっとしてまだ、おひとり?」

「男運が悪くって、これは、という人にめぐり会えなかったんですよ」

「信じられませんな、あなたのようなべっぴんさんがおひとりだなんて」

老人は改めてといった面持ちで鏡の向こうの彩子を上から下まで眺めやった。

「スタイルもいいし……ウチのドラ息子があなたを見たらひと目惚れしますよ、きっと」

胸の奥でキュンと悲しい音がした。老人は構わず続けた。

「あなたのように、ちゃんとしたお仕事を持っておられる方がいいですな。船乗りは確かに家を空けることが多いから、そんな亭主の帰りを今か今かと待っているだけの生活には、女の人はなかなか耐えられんでしょうし、男の方も、気がかりでしょうからな」

ぼろくそにけなしながら、老人はまだ息子のことを思いやっているのだ。

その夜彩子の胸は得体の知れぬ生暖かいものに満された。そのぬくもりに蒲団のぬくもりが加わって暑苦しいまでになり、眠気を奪われた。幾度びも寝返りを打ちながら、引き摺り続けてきた男の幻影を追っていた。

（六）

原村伊作は判で押したようにひと月に一度やってきた。たいてい二、三日前にきちんと予約を入れてきた。

彩子は老人の訪れを待ち侘びた。慶一郎の消息を聞き出せるかも知れない、との期待故に。だが、老人の方から話し出すことはなく、大抵彩子の方から切り出す。商船学校を出てからどうしたのか、今はどこで何をしているのか、さり気なく尋ねる。が、老人は驚くほど息子の消息を把握しておらず、知り得たことはほんの僅《わず》かだった。若い頃は外国航路の客船に乗り一等航海士まで務めたが、客にお愛想や笑顔をふりまくのはいい加減飽きたと言って十年程でやめ、最近は、やはり外国航路の貨物船に乗っているらしいと、そんな程度だった。

だが、彩子の胸はときめいた。二キロ程先に港があり、客船などは入らないが、貨物船はよく入港して荷を上げ下げしているのを子供の頃から見知っていたからである。

自転車で十分そこそこのその港へ、小中学生の頃、仲の良かった少女と二人でよく見物に行った。お目当ては、異国から来る船、そこに出入りする制服制帽の士官達の颯爽とした姿だった。ドラが鳴り、「ボー」という物悲しい汽笛の音と共に、マドロス達を吸収し尽した船が港を出ていく時、自分もそれに乗って外国へ行けたらと思った。この果てしない海は一体どこまで続き、船はどこへ行き着くのだろうか、行き着いた所にはどんな世界が開けているのだろうかと、掴み所のない空想に浸って時を忘れた。

そんな少女期から四半世紀を経て、彩子は再びT港に赴き、そこに出入りする貨物船に瞳を凝らすようになった。自転車ではなく、こちらで買い求めたばかりの軽自動車を埠頭につけ、東京から持ち来ったビートルズやポール・モーリアのカセットテープに聴き入りながら。

少女期の茫漠とした空想に浸ることはもはやなかった。海がどこまで続き、その果てに何があるかはもうわきまえ知っていたからである。

彩子はただ奇跡を祈っていた。二十年前にも待ち続けた奇跡を。

あの頃、月曜毎《ごと》に彩子は東京湾か横浜港の波止場に立ち、ひたすら海を眺めて過ごした。

二十年の間には、幾度びか、原村慶一郎らしい男を見た、と思った。ある時は東京で、ある時は横浜で。しかし、高鳴る胸を押さえながら近付いてみると、少しばかり似てはいるが赤の他人だった。

(性懲りもなく、なんであんな男に未練を残しているんやろ?)

落日が海面に茜色を落とす頃になると、落胆と共に、決まって彩子の胸の中で自問自答が始まる。

(海や。あの人の胸に耳を当てていると、海の音が聴こえて来たからや)

「海の音? 何や、それ?」

彩子の髪や裸の背に指を這わせながら、女の呟きに男は訝《いぶか》った。

「ドッドドッド、ズンズンズン……」

彩子は男の胸を指で叩きながらそこに息を吹きかけた。

「心臓の音がね、船のエンジンみたいに聞こえる」

男は笑った。

「お前、親父さんの船に、乗ったこと、あるんか?」

「あらへん」

「なら、何でエンジンの音と？」

「そんなん、海の端にいたら聞こえるよ」

「あ、そうか。よし、じゃ、お前の心臓の音はどんなんか、聴いてやる」

男はやにわに体を入れ代えて彩子を仰向けに引っくり返し、たわわに揺れる両乳房の間に顔を埋めた。


（あんたの、あの海の音を、もういっぺん、聴かせて……）

男が去った後幾度も繰り返した呟きを、今また彩子は、車窓から海を、そして船を眺めやりながら洩らし続けた。

だが、奇跡は起こらなかった。首に下げたロケットに忍ばせている、波止場で撮った自分とのツーショットの男の写真と、埠頭を行き交う男たちの顔を見比べ、失望を重ねる日々が流れていった。

（七）

原村伊作からの情報も皆無だった。

「なーも言うてきやしません。親不孝もんですわ」

こらえかねてこちらから鎌をかけてみるが、老人の口からはこんな冴えない答しか返らなかった。

店の方は軌道に乗ってきた。二年も過ぎる頃になると、一日平均三人は客が来るようになった。

四年目に入った頃、彩子は原村伊作の異変に気付いた。きちんとひと月に一度は来ていたのにもう大分来ないなと案じていた矢先、三月程して漸くフラッと現れた。

一瞥《いちべつ》するなり目を疑った。ひどく面やつれしている。髭の剃り方もいい加減で、あちこち無精髭が目立った。

「随分、お久し振りですね？」

彩子の挨拶に、

「どうも……。足腰が弱ってしもうて、外出が億劫になりましてな」

老人は精一杯笑ってみせたが、その目にも生気がなかった。

帰り際、レジの場で更に驚かされた。釣り銭が合わないと言って老人がごねたからである。二千七百円の請求に、老人は五千円を出した。たまたま新札の二千円に百円玉三個を返したところ、千円足らないと言う。二千円札と千円札の見分けがつかないらしい。止むなく千円札二枚に替えると、今度は硬貨が合わない、七枚のはずが三枚しかないと言い張る。二千七百円が釣りだと思い込んでいる節がある。さんざ言いくるめてやっと帰したが、愕然とした。

（呆けが始まったんだわ！）

これではもう慶一郎の消息を聞きだすことも叶うまい——彩子は暗澹たる思いに閉ざされた。

老人は、また暫く姿を見せなかった。梅雨が明けた頃、思い出したように姿を見せた。一段と痩せこけ、何日も着換えていないのだろう、体を寄せると異臭が鼻をついた。そして、今度もまた釣り銭のことでもめた。

たまりかねて彩子は、老人を送り出すや町役場の健康福祉課に電話を入れ、かくかくしかじかなので老人を見に行ってやって欲しい、と頼んだ。

翌日、生活支援センターのケアマネージャーという女性から電話が入った。確かに痴呆が進行しているようです、息子さんがおられると聞いたので連絡先はと尋ねたら、手帳をめくって、ここです、と示され、携帯電話の番号だったんでかけてみましたが、通じなくて。また改めてかけてみますがとりあえず週に一日か二日、ヘルパーに見に行ってもらいますから——と、一気に喋った。

彩子の胸が怪しく騒いだ。その携帯の番号を知りたいと思った。原村伊作が来たら聞き出さねばと待ち構えた。

だが、三ヶ月経っても何の音沙汰もない。彩子はケアマネージャーから聞きだしていた老人の家の電話番号をプッシュした。長いコール音にしびれを切らしかけた時、思いがけず受話器が上がり、「ハイ」とまるで抑揚のない声が鈍く、かすかに耳に届いた。

「あ、三島ですが。愛花夢の……」

「アイ、カム？　どなたさんで？」

彩子は耳を疑った。

「いつも、カット……あ、散髪に来て下さる美容院の、三島です」

「ミシマ、さん？　さあ、存じませんが」

知らないはずはない。卒業アルバム見ました、三島さん、かわいらしかったですなあ、と老人は言った。自分の名が老人の記憶中枢にしかとインプットされた手応えを覚えている。

彩子は食い下がった。

「息子さんに連絡を取りたいんです。慶一郎さんの携帯の電話番号を、教えて頂けませんか」

「ケイイチロー？　それはどこのお人で？」

「ですから、息子さんですよ。あたしと高校の時一緒で、東京の商船大学へ行かれた……」

「その人は、今はどうしてるんですかな？」

それを聴きたいのはあたしの方よ——と叫び出したい衝動を覚えながら、これ以上の会話は徒労だと悟った。

更にひと月余りが経ち秋が訪れたが、老人は姿を見せなかった。

ある日の昼下がり、客のセットを終えかけていた彩子は、店の前に車の停まる気配を感じて反射的に窓を流し見やった。刹那、「アッ！」と息を呑んだ。見覚えのあるブルーバードだった。屋根が埃にまみれている。ここ数回は予約も入れないでのそっと姿を現したから驚くに値しないが、この前の呆け具合からは、車の運転などもはや叶わないと思われたのだが。

彩子は最後の仕上げを急いだ。もうひとり予約客が入っているから老人には待ってもらうしかないなと考えながら。

だが、車からはいっかな人が出て来る気配がない。先客がいるのに気付いて車の中で待とうという腹なのか、呆けた老人にそんな配慮ができるのか、と訝りながら手を進めた。

五分後、客を見送りがてら入口に立ったところで、彩子はまたも「アッ！」という叫びを呑み込んだ。客とすれ違うようにブルーバードから降り立ったのは、髪は伸び放題で無精髭も顎や口を隈取っていたが、老人ではなく、もっと若い男だった。

男はためらいもなくこちらに向かって来る。

「あの……」

彩子は上半身だけ前へ突き出した。

「ウチは、男の方は、遠慮して頂いてるんですけど……」

男はひるんだ様子もなく、石段に足をかけ、ニッと笑って彩子を見上げた。

「若い男が恐いのか？　じじいの髪は切ってるくせに」

「えっ？　あ…あんたは……!?」

彩子は身を引くなり呆然と立ちすくんだ。

「思い出してくれたようだな」

男はまたニッと笑った。

「そう、俺だよ。久し振りだな」

言うなり男は一気に石段を駆け上がり、彩子の脇をすり抜けて店の中へ踏み込んだ。

「小さいながらもあたしの城、て風情だな」

店の中をひと渡りねめ回して男は言った。

「いつ、来たの？」

乾いた唇を二度三度舌で湿らし、ひきつったような喉の奥からやっと声を絞り出した。

「おととい」

「どっから？　どうして今頃、帰って来たの？」

「M港に船が入った。矢先にこっちの役場のケアマネージャーとかいうねえちゃんから電話だ。親父が呆けちまってるから何とかしてくれ、てな。ひとり息子としては放っておけねえからよ、あん畜生と思ったけど、列車を乗り継いで、渋渋御帰還遊ばした、てわけだ」

喋り終える間もなく、男は先刻まで女の客が座っていた椅子にスルリと体を滑らせた。

「駄目よ。次のお客がもうじき来るんだから」

彩子はあわてて壁の時計を見上げた。予約の時間まで十分しかない。

が、男は悠然と顎鬚《あごひげ》を撫でながら鏡に見入っている。

「ね、二時間後に出直して。そしたら、ゆっくりお話できるわ。髪も、切ってあげる」

「お生憎様だね」

男は髪を手でかき上げながら彩子を流し見た。

「そんな暇はねえんだ。今日中にM港へ取って返さねえとな。明朝出港だからよ」

体中から血の気が引き、めまいを覚えた。よろめいて、思わず客用のソファにへたりこみ、頭を壁にもたせかけた。

「おいおい、大丈夫か？」

男の声を遠く聞きながら、彩子は目を閉じたまま呟いた。

「じゃ、何の為に、ここへ来たの？」

「ヒッ、とんだご挨拶だぜ」

男は低く、幾分自嘲気味に笑った。

「一言、礼を言いに来ただけさ。親父が大分世話になったらしいし、親父の呆けに気付いたのもあんただそうだから」

「そんな、お礼を言われるようなことは何もしてないわよ。それで、お年寄を見捨ててまた行っちゃうの？」

「ちっ、人聞きが悪いぜ。ちゃんと手配したさ」

「手配？」

「親父は特別養護老人ホームとかいう施設に預けることにした」

「そお……？」

彩子は目をあけようとした。瞼の裏の茜色が消えて、不意に何か影のようなものが顔を覆ってくる気配を感じたからである。

と、次の刹那、痛い程の力が両の二の腕に食い込み、アッと呻いて目を開けた瞬間、体が浮き上がった。

目の前に、髭もじゃの男の顔が迫っていた。

「思った程は年食ってなかったぜ。むしろ、あの頃より色気が出て来たじゃねえか」

彩子は我に返って腕を振りほどこうともがいた。が、反射的に、一段と強い男の力が二の腕にかかった。そして、それが嘘のように解かれたかと思った次の瞬間、腰に回った腕で上体を引き寄せられていた。声を挙げようとした途端、男の唇に口を塞がれた。が、それも束の間で、早送りのビデオを見るように男の顔が次から次へと目の前を行き交った。そうして、瞼と言わず頬と言わず、更に項から首筋へと男の唇が這い回った。一方で、大きな手がセーターもろとも乳房を鷲掴んでいた。

「やめてっ！　慶一郎さんっ、やめてっ！」

のけぞりながら彩子は両の手を相手の胸に突っ張った。が、その抵抗は数秒も要しなかった。男は意外にアッサリと力を抜いていた。気がつくと、男との間に半メートル程の距離が出来ていた。

「懐かしかったぜ」

男は唇を引き伸ばしてまたニッと笑った。

「じゃあな」

顔の前に敬礼のようにやった手で空を切ると、

「達者で暮らしな。あばよ」

捨台詞のように吐いて男はクルリと踵を返した。

「あ、待って……！」

新たなめまいに襲われながら、彩子は男の後を追った。が、男は一気に石段を駆け降り、車に向かった。入れ代わるように、中年の女がこちらに向かって来たが、ただならぬ美容師の様子に立ちすくんだ。

男はさっさと車に乗り込んだ。彩子は石段を降りたところで呆気に取られたように自分を見すえている客に気付いたが、委細構わず男を追った。

車が発進した。彩子は走りながら首に下げていたロケットを抜き取り、男をめがけて投げつけた。

「行っちまうんなら、これを餞別にくれてやるよっ！　この薄情もんっ！」

ロケットは鎖を翻《ひるがえ》しながら蛇のように低く宙を飛び、ブルーバードのサイドミラーに生き物のように絡みついた。男はチラとそれに目をくれたが、意に介さずといった面持ちで、またニッと笑ってアクセルを踏み込んだ。

髪を振り乱したまま、大きく肩で息をつきながら、彩子は呆然と車を見送っていた。

白球は死なず

（一）

「月尾は五十年に一度の逸材かもよ！」

口々に放たれる感嘆と賞賛の声は、私の胸の内の叫びでもあった。だが、周囲の騒ぎをよそに、私は努めて冷静に自分に言い聞かせていた。

（確かに逸材だが、逆立ちしたってプロにスカウトできる男じゃないんだから）

二回戦までにはかなりの日数があった。その間朝日高校の生徒たちは、多くの時間を勉強に当てていたという。文武両道をモットーとする校風ながら、大学への進学率は百パーセント近く、東大、京大、そして地元の名大に入る者が卒業生五百人の半ばを占める全国でも指折りの進学校である。そんな事実が「記者の目」欄で紹介され、監督はもとより部員も、勝利には特にこだわらない、たまたま運良く勝てているだけです、などと淡々と言ってのけるに及んでは、スカウトマンの士気は挫けるばかりであった。

朝日高校は三回戦で、これも激戦区大阪の予選を勝ち抜いて出場を果たした天王寺高校と対戦した。天王寺高は私学であったが進学校でもあった。野球部の歴史は浅い。しかし、近年とみに力をつけ、昨年の春の選抜では見事全国制覇を果たしている。

実のところ、私が誰よりも目をつけていた逸材がこのチームの中にいた。サードで四番を打つ堂島一馬である。彼は既に一年にしてレギュラーに抜擢され、予選で本塁打を五本かっ飛ばすという怪童振りを示した。彼の活躍で天王寺は準々決勝まで進んだが、惜しくも古豪浪商に敗れた。

だが、翌年、つまり昨年は、やはり強豪の一翼ＰＬ学園を破って決勝に進出した。堂島は予選六試合で六本、一試合平均一本の本塁打を打ち、その名を轟かせた。甲子園でも初戦こそ単打と二塁打一本ずつに終わったが、二回戦、三回戦では本塁打を放ち、三回戦で月尾から放ったツーランが天王寺に勝利をもたらした。つまり、八回裏の逆転で二対一のスコアだった。しかし、決勝ではホームランが出ず、チームも智弁和歌山に敗れ、涙を呑んだ。

堂島がプロへ入る確率は月尾と比較にならず高いと思われたから、その一挙手一投足に目が離せなかったし、大会が終わった後も私は堂島を追い続けた。そうこうするうちに月尾のことは忘れかけていた。

朝日高校が翌年の夏も甲子園出場を果たし、月尾が再びエースとして登場するとは夢にも思わなかった。

一方、天王寺高の快進撃は怪とするに足らなかった。チーム打率四割、中でも不動の四番打者堂島は昨夏の予選での通算打率と変わらぬ六割を打ち、本塁打は五本を放っていたからである。

だが、昨夏は三回戦で対決した両者が、今夏は決勝で雌雄を決することになろうとは、これまた私の予想を嬉しく裏切ってくれた。


決勝戦がこれ程盛り上がったのは何年振りだろう。甲子園は五万人の大観衆でふくれ上がり、球場に足を運べない幾千万という国民がテレビやラジオに見入りかじりついた。いずれが優勝するかということよりも、東大理三を目指すという秀才月尾と、私のようなプロ野球スカウトマンの垂涎の的、長嶋の再来と目される堂島との対決こそ、人々がもっとも関心を寄せ、見たい、聞きたい、そして、語り草にしたいであろう一事だった。

が、観衆の多くは判官びいきだった。朝日と天王寺とでは、高校野球界に於ける知名度、伝統、過去の戦績において、スッポンと月程ではないにしても、格段の開きがあったし、堂島は既にプロ野球全球団が獲得に乗り出している野球の申し子のような男であるのに反し、月尾はいかに快腕の持ち主でプロ関係者の食指が動いても、あまりに秀才なるが故にプロの世界に入ることはない、東大医学部に入ればもはやボールを握ることもなくなるだろう、今夏の甲子園がいわば見納め、束の間の夢をみさせてくれたそれこそハレー彗星のような男、なれば最後まで煌きを見せて消えて欲しい、と願ったに相違ない。

月尾は、人々のそうした期待に見事に応えた。決勝戦までの五試合で失点は僅《わず》かに五点、奪った三振は既に六十個を数え、大会新記録に迫っていた。

決勝戦、月尾が天王寺に許した一点はラッキーセブン、一死後内野安打で出た走者がバントで二進したのを、堂島にセンター前ヒットで返されたものだった。その日許した二本目の安打だったが、息詰まる投手戦もこれで決着がついたかと思われた。だが、その裏、先頭バッター七番のライト木村が鮮やかな二塁打を右翼線に放ち、バントで三進、九番の月尾が深々とセンターフライを打ち上げた。これが犠打となって一点を返し同点としたのである。月尾はそれまで三番を打っていた。シュアーなバッティングで予選、本戦を通じて三割をキープしていたが、決勝では打席数を可及的少なくして投球に専念させたいとの監督の思わくから九番に下がっていた。それまで二打席立ってショートライナーとレフトフライに倒れていた。

十回表の好機で四度目の打席に立った月尾への期待は否が上にも高まった。準決勝まで毎試合必ず一本はヒットを放っていたからである。三割打者なら次にヒットが出る確率は高い。

天王寺のエース沢内は、球速では月尾に劣ったが、大きく割れるカーブ、低め低めを突くストレートのコントロールが冴え、これまでの五試合で四試合に登板、奪三振、被安打数で月尾にヒケを取らなかった。

だが、打者としても非凡な才能を持っていた月尾は、チーム三本目の安打を土壇場で放った。右中間を破った打球をセンターとライトが追いかける間、一塁走者田浦は一気に本塁まで突進した。二塁ベースに駆け走った月尾は、目の前で二塁手がライトからの返球を受け取りホームベースに仁王立ちとなったキャッチャーめがけて矢のような球を送るのを見た。そして、田浦が本塁寸前でタッチアウトされるのを。

ベンチに戻った月尾に田浦が駆け寄って、

「すまん、三塁に留《とど》まるべきだった」

と言った由。私にも、田浦君が本塁を突いたのは暴走に思われた。二塁三塁としていれば、その日ヒットとフォアボールを選んでいるトップバッターの日笠に期待がつなげたのに、と。

月尾は田浦の肩を抱くようにしてニッコリ笑い返し、何やら言葉を返した。これも無論聞き取れるものではなかったが、後日、この時彼が口走ったのは、頭から滑り込んだ田浦に怪我はなかったか、それを案ずる言葉だったと知った。田浦は大丈夫だと答えたそうだが、実際は相手キャッチャーのスパイクに右手の指が突き当たり、その突き指が直後の守備に影響を与えたのだった。その突き指で握力が弱り、何でもないショートゴロをさばいたまではよかったが、ダブルプレーを狙って二塁に投げたボールが大きくそれて外野に転がっていき、チェンジのはずが一瞬にして一死、一、三塁のピンチに変わってしまったのである。ショックを受けたはずだが、月尾の表情には何らかげりがなかった。しかし、制球が微妙に乱れ出した。スクイズや外野フライを警戒して低め低めを狙った球は微妙に外れてストレートのフォアボールとなった。一死満塁、絶体絶命のピンチである。しかも迎えたバッターは堂島とクリーンアップを組む三番の平沼で、月尾が許した二本のヒットのうち一本を放っている。

平沼はラッキーセブンの時とは異なって打つ構えを見せた。とは言え、スクイズを決める腹かも知れない。月尾の球速を考えれば、深い外野フライを飛ばすより、バントを決める方がたやすいかと思われた。ベンチの指示も後者であろう、と私は踏んでいた。

だが、一球目、月尾はど真中に快速球を投じた。平沼は故意にか、手を出せなかったか、見送った。二球目、月尾の球は打者の内角をえぐる得意のシュートだった。スクイズを外そうとの思わくは微塵も伺わせない、真っ向勝負だ。果せるかな平沼はすかさずバントを試みたが、ボールは押し出したバットの握り近くに当たってキャッチャー―の後方に舞い上がった。キャッチャー大野はマスクを投げ捨てて白球を追い、ネット裏で観戦していた私の目の前でこれをミットにおさめた。

かくして二死満塁となり、四番堂島がバッターボックスに立った。この日四度目の対決である。これまで三打数一安打一打点で、勝負はやや堂島が勝っていたと言えよう。

球場には異様な興奮がみなぎった。誰しもがスターの誕生を待ちあぐねていた。しかし、月尾と堂島は、今や紛れもなく、十二分にスターだった。

観衆は月尾が一球投げる毎《ごと》に固唾を呑み、それに対する堂島の反応にどよめいた。

キャッチャー大野は月尾のシュートに賭けた。徹底的に内角にミットを構えた。危険な賭けだった。ホームランバッターに内角球を投げることは常識では考えられないことで、外角攻めがセオリーのはずだからである。

一球目、やや高めのシュートが小気味良くミットにおさまったが、堂島はこれを見送った。真ん中に入ったらひと振りでバックスクリーンまで運んでいたかも知れない。胸もとをえぐるそのボールは、およそ手の出せないものだった。際どかったが、判定はボール。

二球目、ほぼ同じコースに球が投ぜられた。堂島はやや腰を引いて強振した。快音を発してボールはレフト方向に飛んだ。悲鳴に近いどよめき。だが、痛烈なライナー性の飛球はポール脇二、三メートル左にそれた。月尾ファンの心胆を寒からしめる大ファールだった。

大野がタイムを要求してマウンドに走った。このまま内角攻めで行くか外角に切り換えるかの打ち合わせに行ったのだろう。月尾が首を振り、大野の肩に手をかけながら何やら囁いた。顔半分上背の勝った月尾の顔を大野は見上げた。月尾がまたグラブで口を覆いながら何やら口走り、大野の肩に置いた手に力をこめたように見られた。大野はコクコクと頷き引き下がった。

三球目、大野はやはり内角に構えた。月尾は制球違わずそのミットに速球を投げ込んだ。シュートだった。堂島は見送った。打てる球ではなかった。が、選球眼の良さも堂島の持ち味で、長距離打者に往往にして見られる空振り三振が極端に少ないのも、彼がプロの打者としても立派に通用すると太鼓判を押されている所以だった。ストライクならば無論見逃さなかったであろうが、ボール一個分、高さもコースもボール球だった。

ワンツーとなって、観衆はもはやじっとしておれず、ほとんど総立ちになって固唾を呑んだ。月尾は上体を屈めてロージンバックを手に取り、お手玉をするように二、三度ポンポンと放り上げた。白い粉が舞った。その一挙手一投足に、観衆はピッチャーの内なる孤独な闘いを読み取った。朝日高は男女共学であったが、女子生徒は全体の十分の一ということで、三塁側に陣取った応援席に姿はまばらだった。むしろ、自校の応援席以外に女子高生の姿が数多く見られた。どこから来ているのか、今や白馬の王子となった月尾の追っかけファンに相違なかった。彼女たちは両手を顔の前に合わせ、今にも泣き出しそうな潤んだ目で声も枯れよと月尾の名をリフレーンしていた。

四球目、月尾は大野のサインに頷くと、細身の体を豹のようにしならせてボールを放った。大野は初めて真ん中から僅かに外角よりに構えていたが、ボールはまさにその構えた所へ吸い込まれた。ストレートだった。堂島の上体が揺れ、手首が返った。が、バットはハーフスイングで止まり、堂島の体がつんのめるようにホームベースを跨いだ。が、審判の右手は上がらなかった。

再び黄色い悲鳴が挙がった。私も胸の中で叫んでいた。

(今のはスイングを取っていいのじゃないか!)

プロ野球なら観衆のブーイングと共に監督がベンチから飛びだしただろう。高校野球では審判は絶対であり、抗議は許されない。いかにも肩を落とした風情の大野が、未練がましく握りしめたボールを漸《ようや》くといった面持ちで投げ返すと、月尾は白い歯を見せて、いいよ、いいよ、と言わんばかりに頷いてみせた。

ワンスリーとなれば、後はど真ん中に投じる他ない。月尾とホームベースと大野が、日食の太陽と月と地球のように一直線になった。その線上を、レーザービームのように白球が走った。何のためらいもなく堂島はバットを一旋した。が、それにかすりもせず、ボールは無垢のまま大野のミットに弾けるような音をたてておさまった。

割れるような拍手と歓声。顔前に合わせた両手を更に強くきつく握りしめる女生徒たち。彼女たちの多くは半ば目を閉じ、もはや次の一球を正視し得ぬ面持ちであった。

堂島はバッターボックスを離れて二度三度、ビュンビュンと音を立てんばかり素振りをし、ヘルメットのひさしに手をやってからおもむろにバットを立てたが、マウンドの月尾が再びロージンバッグに手をやるのを見て、構えを解き、大きく息をついた。

こんな場面は幾たびか見てきたはずだが、それでもやはり心臓が高鳴った。いや、心臓に悪い、と思った。

私は胸を押さえた。鼓動は鎮めようがなかったが、それがいつかのように不意に乱れて来ぬようにと祈りながら。

(早く投げてくれ！　いや、投げないでくれ！)

自分の心臓の為には前者であれと願ったが、月尾の為には、そして、月尾に熱い声援を送る観衆の為には後者であって欲しかった。

だが、時は止まれない。泣いても笑っても月尾は球を放たねばならない。

五万の観衆の十万の目が月尾に注がれた。走者を負った時にはセットポジションから投げるのが原則だ。そして事実、ランナーを許してからはこのセオリーに従っていたが、堂島に対するや、塁を埋めたランナーはもはや目に入らぬかのように、月尾は一球一球をワインドアップの構えから投じていたのだ。そして、最後の一球も、頭上に両腕を高々と振り上げ、しなるように右腕を旋回させ、胸をそらせて入魂の一球を投じた。

息を呑んで静まり返った観衆は、次の瞬間、信じられない光景を見た。腕も折れよとばかり投ぜられた月尾の一球は、時速一五五キロでアットいう間に大野のミットに吸い込まれた。ど真ん中高めのストレート、まさに剛速球だったが、大野のグラブは頭の上にあった。

堂島の上体が後ろに引かれ、天を衝くが如く真直ぐバットを立てた手首が僅かに揺らいだが、バットは振られなかった。いや、振れなかった――と言うのが正解だろう。

堂島は見送った。それがチームを勝利へ導いた。一瞬の迷いを見せてから、主審は上げかけた右手を横へ流して「ボール」を宣したからである。

その瞬間、月尾は唇をかみしめて僅かに天を仰いだ。それから、帽子のひさしに手をやり、白い歯を見せていくらか悔しげな表情を見せた。

同僚が駆け寄った。内野陣がまず月尾を囲み、その肩を叩いた。月尾は笑顔で頷き返した。外野の選手たちも緩慢な動きは見せなかった。皆全速力でマウンドに駆け、同じようにグラブで月尾の肩を叩きながらホームベースに駆け集まった。

月尾の、そしてナイン達の青春の一ページは終わった。

月尾が去った朝日高校は、以後二度と甲子園の土を踏むことはなかった。

一方、天王寺高校は、翌春の選抜にも出て準々決勝まで進んだ。が、夏の甲子園は予選の決勝戦に敗れ涙を呑んだ。

（二）

月尾が現役で東大理三に進んだことを知った時、彼がボールを握ることはもうないだろうと思った。

ところが、春の六大学リーグ戦に、彼はいきなり東大チームのエースとして登場したのだった。そして、再び堂島との対決がマスコミのみならず人々の注目の的となったのである。

私も含め、プロのほとんど全球団のスカウトがラブコールを送った堂島は、意外なコメントでスカウト陣に肘鉄を食わしたのだった。曰く、

「月尾君の最後の一球に手を出せなかった僕は、プロでは通用しませんよ」

これには吃驚した。

「あの球はきわどかったがボールだったんだし、君の選球眼の良さが見送らせたんじゃないのかい?それに、チームの勝利の為には見逃して正解じゃなかったの?」

私は慰めたつもりだったが、堂島はかぶりを振った。

「ボールでもあのコースは本来僕の好きなところで、これまではまず確実に振っていました。でも、月尾君の球は、速過ぎて、手が出せませんでした。ストライクと言ってもらった方が、僕としては余程後味が良かったです」

「でもまさか、その一球へのこだわりでプロへの道をあきらめた訳では……?」

「あきらめた訳ではありませんが、もっと力をつけなければと思い至りました」

「と、言うと……ノンプロへでも入る?」

「いえ、大学へ行きます」

キッパリ言い放った堂島の顔を、私は改めて見直した。天王寺高の野球部員の多くは全校生八百名の内五十番以内に入っている優秀な生徒ばかりで、堂島もその一人であり、ことに数学を得意としている、と何かで読んだか耳にしたことを思い出した。プロからの勧誘はマスコミで報じられている如く引きも切らないが、本人の大学進学の意思は固く、いかなる好条件を示されても決意は翻《ひるがえ》らないでしょう、と、次いでインタビューした天王寺の監督も言った。

「彼の親父さんは大手電力会社に勤めてましてね、経済的にも比較的恵まれていますから、金で動くこともないでしょうし」

この言い草には少しムッときた。私は一介のスカウトマンに過ぎないから金銭的なことは話題にできない。勧誘の席でたとえば親が乗り出してきて、ちなみに契約金、年俸はいくら出してくれるのか、と尋ねてきたら、私としては相手の希望額を承ってフロントに奏上するだけだ。それに、たとえ本人でなく親であっても、いや先に金のことを話題に供するような輩は私の性に合わない。幸か不幸か私が身を置く球団は万年最下位で入場者数は減る一方だし、親会社も近年の不景気で財政状態が悪化の一途をたどっているからそんなことは万が一にもあり得ないが、もしフロントが、金に糸目をつけないから何としてでもあのルーキーを獲得して来い、などと命じても、私は多分いきなり金の話を持ち出すことはしないだろう。そもそも、高校出たての若者に、並みの人間なら一生かかっても蓄えられない金を出すこと自体間違っている。もっとも、これは私のひがみ根性かも知れないが……。

私もかつては高校球児だった。リトルリーグで野球の面白さに取り憑かれた。中学二年で父を胃癌で失った悲しみ、ややもせずして再婚した母への反感、義父への反抗心でバーンアウトしかかったのを何とかしのぎ得たのも、野球への情熱、家庭の憂さを忘れさせてくれるチームメイトとの交友があったからだ。

我が中学は県体で優勝を果たした。私はエースだった。甲子園への夢と、とにかく家から出たい一心で、高校は隣県の名門校東洋大姫路に入った。一年ではレギュラーになれなかったが、二年の夏には三年生のエースに次ぐナンバー2として予選の何試合かを任され、決勝戦もエースと二人で勝ち抜き、ついに少年の日の夢と、親へのリベンジを果たした。

三年の春にはエースとしてマウンドに立つことができた。選抜は三回戦で敗れたが、夏の大会には準々決勝まで進んだ。

母から折に触れ手紙が送られてきたが、私は一度も返事を書かなかった。私が甲子園に出るようになって、義父からお祝いをしたいと言っているから是非帰ってくるようにと、哀願するような手紙が舞い込んだが、それも無視した。私には二歳違いの妹がひとりあって、家のことは彼女からの手紙や電話で承知していた。妹もまた義父にはなじめず、家を出た私が羨ましいとしきりにこぼした。義父も一向になつかぬ妹には素っ気ない態度に終始し、母との間に女の子ができると、益々もって妹に辛く当たっていたようだ。その癖母と二人ででかける時は子守を妹に押しつけていくという。父親は違っても血がつながっている妹には相違ない赤ん坊を、かわいいと思う反面、時に憎たらしく、あやしながらしめ殺してやりたい衝動も覚える、そんな自分が恐いから早く家を出たい、とも訴えた。あと少しの辛抱だ、高校を出たらもうどこへでもひとりで行ける、それまでの我慢だ、と私は妹に言い聞かせた。うん、我慢する、お兄ちゃんをテレビで見ていると元気が出てくる、あたしも頑張らなくちゃと思う、と。

私は大学へ進むつもりだったが、プロ野球のドラフトにかかったことを知らされ、運命が急変した。野球は私の青春そのものだったが、最速でも一三五キロしか出せない自分がプロの世界で通用するとは思えなかった。せいぜい六大学のいずれかに進んでとにかく野球を続けることだと考えていた。

私がドラフトにかかったことを知るや、母から切々たる手紙が舞い込んだ。義父がリストラに遭って失職した、大した貯金もないから半年で干上がってしまう、茜——妹のことだ——もこのままでは高校を卒業させてやれない、私もまだ手のかかる赤子を抱えて身動きできない、頼りになるのはお前だけだ、何とか助けて欲しい、と。

〝助ける〟とは、無論経済的なことだ。ドラフトを受け入れればプロ野球に入ることができ、少なくとも一千万単位の契約金が取れるだろう、何としても勇――私のことだ――を説得してプロの道に行かせてくれ、と、義父は母に懇願したという。血のつながらない息子に仕送りをしてきたんだから、その恩に今こそ報いてくれてもいいだろう、それが義父の言い分だとも母は言った。

確かに仕送りは月に二万円あった。しかし、それくらいは私が家にいてもかかっていただろう。食費、授業料、交通費だけでもそれくらいは必要だったはずだ。並でも高校生なら二万円くらいの小遣いはもらっていただろう。とんでもない、義理の父親がそんなものを出すいわれはない、と言うのなら何をか言わんやだが。

私は東洋大姫路では奨学金を得ていて授業料は免除されていたし、二年でレギュラーになってからは監督の家に止宿《ししゅく》し、奥さんの心尽くしの手料理を朝、晩と存分に食べさせてもらい、食費は一万円しか要求されなかった。一日三百円ちょっとだ。家庭にいたらとてもそれだけでは済まされない、倍はかかっただろう。だからこそ二万円の仕送りでも何とかやっていけたのだ。

高校は義務教育ではないから親に行かせてもらったと言えば言えなくもないが、普通、それを恩に着せる親はいないだろう。たとえ義父であっても。

しかし、結局私は大学進学をあきらめ、ドラフトにかけてもらう道を選んだ。義父の為ではなく、妹の為に。

O球団と、契約金三千万円、年俸五百万円で契約が成立した。私は、毎月十万円を家に仕送った。が、当面、二年限りとした。私の契約が二年だったからで、その後の保証は出来ないこと、義父もその間には新たな職場を見つけてくれるだろう、否、是非とも見つけてもらわねばと思ったからである。

義父は不満を示した。契約金のせめて半分でも親に分け与えるべきではないか、勇にそう言えと、しきりに母をせっついたらしい。半分寄越せば仕送りはしなくてもいいと言ってるよ、というようなことまで書いてきた。

私は断固拒んだ。家を出たがっている妹を呼び寄せるべく、しかるべきマンションを借りる費用に、更には、妹の学費にあてたい、と思ったからである。

私の腹案を告げると、妹は泣いて喜んだ。早々と荷物をまとめ、私が借り受けたマンションに転がり込んで来た。爾来《じらい》、高校から更に短大を出るまで、私が彼女の後見人となり、親代わりともなった。短大を出てＯＬになったところで、妹は就職先の近くにマンションを借り自立した。

皮肉なことに、一軍とファームを行き来していた私は、独りになった途端、ファームに落ちたまま一軍に登録されることがなくなった。甲子園では通用したが、プロの水は甘くなかったのである。

ファームで鳴かず飛ばずの生活を五年程続けた挙句、選手生命に自らピリオドを打つことを決めた。しかし、野球の世界には身を置きたいと思ったから、スカウトマンになりたいとフロントに申し出た。高校球児や大学で野球をやっている連中の中には、かつての私のようにのっぴきならぬ家庭のしがらみに縛られ、必死に生きている者もいるだろう。プロの世界で開花するのはほんの一握りの天才たちで、私のようにちょっと芽が出ただけで花開くことなく終わってしまう者が大多数だ。だが、それでもいい、スポーツ、わけても野球というチームワークの素晴らしさ、喜びをひとときでも味わってもらえたら、スカウトマンとしてこれに過ぎる喜びはない。たとえフロントから、お前は目がないな、戦力にもならん人間を引っ張ってきて、とお叱りを受けても。

プロ選手として鳴かず飛ばずの私だったが、スカウトマンとしても華々しい実績は挙げられないでいた。これは私の長所でもあり短所でもあるのだろうが、いかに喉から手が出る程欲しい大物ルーキーでも、青年らしい純粋さに欠け、粗野でドライな性格の持ち主、また、家族が金のことばかり言う人間には食指が動かず腰が引けてしまうからだ。フロントがあまりにしつこく言えば、私はひるまず私見を弄した。あの男はたとえ取れたにしてもチームにとって為になりませんよ、むしろ、チームワークを乱し禍になりかねません、金銭への執着が強いですから、金次第でどこへでも移ってしまう人間ですよ、と。G球団のように金に糸目をつけずタレントのある選手を引き抜けるならいざ知らず、出せる金に限度のある弱小球団の弱みを皮肉られたと取ったのだろう、フロントの面々は渋い顔で私をにらみ返した。金銭にこだわると言っても、その動機こそが肝要で、若干十八歳そこそこの少年が金の魔力に惹かれてプロの世界に入るのは良しとしえなかった。

しかし、高校を出ていきなりプロの世界で通用するのはほんの一握りの天才たちである。そうした天才をスカウトするのがスカウトマンの仕事だと言われればそうかもしれないが、彼らはもう誰の目も引くわけで、私がスカウトしなければならない必然性はないから、スカウトマンとしてはあまり食指が動かない。もし食指が動くとしたら、類稀《たぐいまれ》な才能を持ち、プロの世界で立派にそれを開花させるに相違ないと思われるのに、ドラフトに乗らず、プロに背を向けていく〝逸材〟である。

月尾逸人と堂島一馬がその好例であった。だが月尾は、野球を続ける為に大学へ進んだのではない、医者になるのだという明確な志の持ち主と知った以上、もはや追ってもむだという感じだった。

一方堂島は、これまた驚いたことに、早稲田の中でも難関の理工学部に進学した。推薦入学と知ったが、理工学部ともなればスポーツ特待生の枠で入ったとはおもわれない。高校の成績が抜群に良かったのだろうし、実力を確認する一般入試とは別枠のテストも受けて入ったに相違ない。それに、理工学部ともなれば野球にばかりうつつを抜かしてはおれまい、文科系と異なって必須単位数ははるかに多いだろうし、講義の密度や難度も文科系の比ではないだろう。早稲田の理工に入ったと知った時、我が耳を疑うと同時に、一体堂島はどういうつもりなのか、将来の設計図を問い質《ただ》さずにはおれなかった。

「野球は続けますが、プロに入るかどうかは分かりません。できればエンジニアになりたいとも思っています」

月尾との最後の対決で六球目を見送ったことへの痛恨の思いを吐露した堂島は、大学を出たらどうするのかとのせっかちな私の質問に、やや首をかしげて思案の体から、キッパリこう言い放った。

（エンジニアだと！　そうはさせんぞ！）

私は咄嗟《とっさ》に腹の中で切り返していた。

（四年後、君をきっとプロの世界に引き入れて見せる！）

（三）

東京六大学野球は近年人気にかげりが出てきて、マスコミで大きく取り上げられることもなくなっていた。立教の長嶋茂雄、明治の星野仙一、法政の田淵幸一のような華のあるスターを欠いていることも大きな原因だが、他にはＪリーグができて若者の関心がサッカーに流れたことや、ゲームソフトなどインドアのレジャーがはびこって、アウトドアスポーツを楽しもうという青少年が少なくなったことも原因であろう。春、秋のシーズン中、神宮球場がひと頃のような観衆で埋まることはほとんどなかった。自前の応援団が内野スタンドの一部を占めるくらいで、一般の観衆はまばらに見られる程度だった。

だが、月尾が東大に、堂島が早稲田に入って以来、神宮のムードは一変した。二人とも一年生でレギュラーとなり、月尾はマウンドに、堂島はサードに立った。二人を見ようと、六大学から遠退いていた往年のファンも足を運び出した。いや、もっと若い世代、大学生はいうに及ばず、高校、中学、さては小学生までが、馳せ参ずるようになった。

万年最下位の東大にも、それなりのファンはあった。判官びいきが為せる芸であろうが、日本の最高学府に進みながら野球をやっている人間はどんな風体の持ち主だろうと、そんな好奇心に駆られ、とにかく、〝東大生〟見たさに、東大が出場する試合に限って球場に駆けつける連中がいたのである。

スカウトマンとしては、東大野球部の選手には全く興味がなかった。プロ野球にスカウトしたいような〝金の卵〟はいなかった、否、いるはずがなかったからである。意中の選手は他学にいて、彼を見るために神宮へ赴いたらたまたま東大が相手だったので東大の選手を見る機会を得た、というくらいである。しかし、彼が打者であれ投手であれ、東大の投手や打者をいくら打ち込みあるいは封じたとて、その記録はあまり参考にならないから、余程スケジュール的にその日しかない、という時以外、対東大戦は見ないようにしていた。

しかし、月尾が登場してからは一変した。私は意識的に東大戦を見にでかけた。無論月尾が登板する試合を。対戦チームがどこであれ、月尾の球をある程度コンスタントに打てる打者なら将来見込みありとみなし、スカウトの対象者リストに入れたかったのだ。

一方、早稲田の試合はほとんど欠かさず見に出かけた。堂島は既にレギュラーで毎試合出場していたからである。

待ちに待った早稲田と東大の試合が組まれたその日、私は遠足にでも出かけるような浮き浮きした気分で神宮球場に赴いたが、球場に近付いて目を瞠った。予想はできたが、それにしても想像以上の人出である。球場に足を入れると、スタンドはほとんど立錐の余地もないまでに埋まり、ムンムンたる熱気がこもっている。

「いやあ、相撲じゃないですが、久々の満員御礼ですね」

私の目の前でラジオのアナウンサーが興奮気味に喋っている。そもそも、早稲田対東大戦を実況すること自体前代未聞である。

圧倒的に女性ファンが多かった。月尾と堂島は、既にアイドルだった。

甲子園以来初の二人の対決を、観衆はまた固唾を呑んで見すえた。月尾が一球投じる毎に、堂島のバットが旋回する度に、彼らの一人一人が発する熱いため息は雲霞の如きどよめきとなって球場の空をゆるがした。

あれからまだ一年も経っていないのに、二人はすっかり大人びていた。それもそうだ。少年らしいイガグリ頭は失せ、青年らしい艶やかな髪が、帽子を脱ぐ度現れたからである。気のせいか体もひと回り大きくなったようだ。

早稲田はここ数年優勝していない。それだけに、高校球界の大物堂島の加入、そのバットに、ナインはもとよりファンの期待もかかったはずだ。しかも、近年にない大観衆に囲まれての試合だ。

だが、試合が展開するつれ、早稲田側のスタンドのどよめきは多く嘆息混じりのものとなった。月尾の快速球に早稲田のナインは凡打と三振の山を築いたからである。唯一外野にフライが上がったのは堂島の二打席目だった。第一打席は内角に食い込んだシュートに詰まらされてピッチャーゴロに、第三打席は空振りの三振に討って取られた。

東大も貧打だったが、月尾の好投に報いんとのナインの思いが、四球とエラーがらみで三塁に進んだランナーを、スクイズでホームに返し、貴重な一点をもたらした。

九回、先頭の打席に堂島が入った。ウエイティングサークルでブンブンとバットを振り回して気合いを入れる堂島に、早稲田のスタンドから〝堂島コール〟が起こった。

堂島はファウルを二球続けツーゼロと追い込まれながら、三球目を強振、矢のような打球が三塁手の頭上を越えてレフトを襲い、あわやそのグラブをもかすめて左翼線上に転がるかと思われたが、辛うじてワンバウンドでグラブに納めた。が、野手はボールの勢いに押されて腰が砕け、後にのけぞり、尻餅をついた。堂島は俊足とは言い難かったが、楽々と二塁をおとし入れた。

五番バッターはマニュアル通りバントを試みた。三塁に進めば、外野フライでもスクイズでも一点入る。だが、内角をえぐる月尾のシュートに、バットは出したものの、ボールはグリップに当たって鈍い音を立て、キャッチャーの頭上に舞い上がった。痛恨のバントミスである。思わず飛び出した堂島までが危うく刺されるところだった。

早稲田ベンチはヒット一本を放っている六番に賭けた。が、いささかもスピードの衰えない月尾のシュートに、ボテボテのサードゴロに終わった。サードが前進してこれを補給する間に、塁を盗んでいた堂島は果敢にサードまで走っていた。ツーアウトランナー三塁となれば、ヒットかワイルドピッチを期待する他ない。しかし、七番バッターは三打席三三振を喫していた。ベンチはピンチヒッターを繰り出した。が、これも月尾の敵ではなく、あっさりピッチャーゴロに討ち取られた。観客席は総立ちとなり万雷の拍手を送った。と、同時に、東大ナインがワッとマウンドに駆け寄り、月尾を取り囲んだ。

ホームベースに両軍の選手が相並んで最後の礼を交し、拍手と歓声が球場をゆるがした。次の瞬間、そのどよめきは更にひときわ高くなった。選手たちは礼と共にそれぞれのダッグアウトに引き揚げたのだが、その列を離れて月尾と堂島が歩み寄り、先に堂島が片手を月尾の肩に、片方を握手を求めるように差し出したからである。月尾もニッコリ笑んで手を差し出した。二人は二言、三言何やら言葉を交わし合ったが、それに気付いたカメラマンがそれっとばかり一斉に二人を取り囲んだ。

翌日の朝刊スポーツ欄で、「月尾、甲子園の怨念晴らす」の二段抜きの見出しが載った。昨今の六大学野球関係の記事では珍しいことだった。更に、スポーツ欄とは別の「今日の顔」に月尾逸人の顔が大きく載った。堂島との勝負に触れた部分では、

「六大学でまた対決できる日を夢みていますと、夏の甲子園の後、堂島さんから手紙をもらい、僕もそのように返事しました。それが実現して何よりも嬉しいです」

と答えていた。プロ球界での対決も大勢のファンが期待していると思うが、との問いかけには、

「それは残念ながらあり得ませんね。もっとも将来のことは分かりませんが」

と、にべもなく打ち消した後で、後半は多少の期待を抱かせる言葉を付け足したが、それは

多分にリップサービスめいたものと私は受けとめた。

（四）

月尾逸人というエースを擁した東大野球部は、過去の不名誉な連敗記録を大きく塗り変え、さすがに優勝こそ遂げ得なかったが、月尾が入部して三年の間準優勝を二回果たし、四位以下に落ち込むことはなかった。最下位が定位置だった東大がすっかり東大らしくなくなった、応援の仕甲斐がないと、判官びいきのファンの一部は困惑の体でもあった。

月尾が三点以上を取られることはなかったから、味方の打線に常時四点以上を取る得点力があれば、彼の投げる試合はすべて勝てたはずで、さすれば優勝も夢ではなかったが、いかんせん、東大の平均得点は三点そこそこで、月尾が好投した試合も相手投手に完封を喫して敗れることがあった。

六大学を話題にする時には、ほとんどの者がこう言った。堂島が東大にいたら恐ろしいことになっていたぜ、東大の黄金時代が築かれていたかもよ、と。

事実、その通りであったろう。堂島を擁した早稲田は、春秋二度のシーズンで一度は優勝を遂げていた。無論堂島ひとりの力で為し遂げられたものではなかったが、三年間で既にホームランを二〇本以上放ち、打点は常にトップ、首位打者も三度取っている堂島なくして早稲田のこの偉業は為し遂げられなかった。

最終学年を迎えた堂島が、その年のドラフトの目玉商品になるのは火を見るより明らかだった。全球団が手ぐすね引いて待ち構えていることは、顔なじみの各球団のスカウトマンと神宮に足を運ぶたび顔を合わせることでもそれと知れた。

だが、私も含めたスカウトマンの背筋を寒からしめる噂も流れてきた。堂島は学業の方も怠らず、成績も中の上は保っており、卒業後は就職を希望し、ノンプロで野球を続ける意向である、と。

社会人野球の逸材がプロの世界に入って活躍する例は少なくない。体が出来上がり、精神的にもう立派に大人の仲間入りをしてから来るわけだから、本来はそれに越したことはないのだが、堂島のような何十年に一度出るか否かの逸材が、たとえ看板打者としてもノンプロで数年を経るのはいかにも勿体ないと思われた。

うわさの出所は果たして本人の口であろうか？　何としてもその真偽を確かめたかったが、

直接本人に問いただしてもこちらがプロのスカウトマンと知れば本音は吐かないだろう。そこで私は一計を案じた。

春のシーズンが始まる前のある日曜日、私は東大のグラウンドに足を向けた。野球部の連中が練習をしているのをあてこんでのことだが、そこに、この三年間、ついぞみられなかった異常な現象が起こっていた。物凄い人だかりで、「月尾さーん」「逸人さーん」という黄色い声が盛んに飛び交っているのだ。十代の少年少女が圧倒的に多かったが、中には中年から初老の男女も混じっている。彼らの視線はひたすら、投球練習に汗を流す月尾に注がれていた。

練習は午前中で終わり、昼食を挟んで午後は紅白戦になる。その頃にはもう人垣が幾重にも築かれるから、並みの背丈ではグラウンドの選手の姿を見届けられない。幸い私は上背が百八十センチあったから、後方からでもマウンドの月尾の一挙手一投足を視野に捉えることができた。

半年のシーズンオフがあったから、月尾を見るのは久しぶりだった。大概の選手はオフの間に太り気味になるのだが、月尾はいくらかホッソリしたように感じられた。もともとどちらかと言えばスリムな体格で、そのスマートさがクールな目もとと共に若い女性のハートを掴《つか》んで放さなかったと思われるが、それにしても少しばかり気になった。

内輪の紅白戦で慣らし運転のつもりかも知れなかったが、神宮球場で見る快速は見られなかった。それでも三振の山を築き、失点が僅か一に留まったのは流石だった。

試合が終わって球場を出る月尾を、ワッとばかりファンが取り囲み、サインを求めた。私は微笑ましくそんな光景を眺めやっていたが、やがて私に気付いた月尾は、「ご免、今日はもうここで勘弁して」とファンの手を払いのけながらこちらに歩み寄ってくれた。

「いよいよ、最後の年だね」

私は当たり障りのない話題から切り出した。

「そうですね。もっとも、僕は、卒業までにまだ三年ありますが……」

「えっ……？」

私は一瞬戸惑ったが、すぐにハタと思い到った。医学部は他学部と異なって入学から卒業までに六年あることに。

「そうか！　でも、まさか、あと三年も投げ続けるわけでは……？」

「いや、許してもらえるなら、続けたいと思いますよ」

月尾は悪戯っぽい笑顔を見せた。

「そう？　でも、好敵手堂島はもういなくなるから、張り合いがなくなるんじゃないのかな？」

「そうですね。なくなるかも知れませんね」

「堂島君とは、ライバルだけど、親友でもある、と聞いてるが、本当？」

まだ未練がましく月尾を遠巻きにしているファンの目を意識して、私は早く本題に入ろうと焦った。

「ええ、いい友達です」

「グラウンド以外でも、時々は、会って話をするのかな？」

「ええ。日頃はメールでやり取りしていますが、お互いの下宿先を訪ねたり、食事を一緒にすることもあります」

「あ、そお！」

いくら野球という共通項があっても、知性に格段の差があり過ぎたら親友にはなれないだろう。月尾という超一流の頭脳と渡り合えるだけのインテリジェンスを堂島は持っているということだ。認識を新たにさせられた思いだったが、同時に、少し不安になった。

「堂島君は、君と同じで、野球と勉強を立派に両立させているようだね？」

「ええ。彼はロボットに感心を持っているようですね」

「ロボット!?」

「日本は世界一の長寿国ですが、本当に元気なお年よりは少ないわけで、寝たきりの老人も少なくない、家人はその介護に手や時間を奪われ、多大の犠牲を強いられている、その介護をロボットにやらせたら家人の手は省ける、そんなロボットを作ってみたいと、この前会った時も熱っぽく話していました」

頭にガーンと一撃を食らったような衝撃を覚えた。

「彼の話を聞いていて」

と月尾は、私が息を呑んでいる間に続けた。

「僕は少しばかり痛痒《つうよう》を感じました」

「ホー、どうして？」

「長寿と不健康な老人を生み出したのは紛れもなく医学であり、自分はその末席を汚そうとしている人間ですから」

「そんな風に思う必要はないんじゃないかな。私もうそろそろその年に近づいているから痛感するんだが、昔は人生五十年と言われていた。しかし、五十年なんてあっという間で、それで終わってしまうのはいかにも残念だと思うよ。それを二十年、三十年と延ばしてくれた医学の進歩は、やはり素晴らしいし有難いと思うな」

「そうですか。でも僕は、祖父母なんか見ていても、老いることはやはり悲しいことだと痛切に思います。で、堂島君に言ったんです。君の夢にケチをつけるようで悪いが、僕は人間の老化を防ぐ研究をしたいな、て……」

私はまた新たな衝撃を受けた。

「えっ？　君はアフリカの聖者シュヴァイツァーのような医者になるんじゃなかったの？」

月尾は苦笑した。

「小学生のとき父がシュヴァイツァーの伝記本を誕生祝に寄越したんです。そして、もう遅いが、自分はシュヴァイツァーのような生き方をしたかった、果たせなかったその夢をお前が叶えてくれたら嬉しい、と言ったんです。確かに、伝記を読んで感動しましたから、父の期待にこたえたいと思いましたが、ここ、一、二年、両親の祖父母が相次いで癌や脳卒中で倒れてほとんど寝たきり状態になったのを見て、対症療法よりも根本療法を、と考えるようになったんです」

今度はこちらが苦笑の体となった。

「不老長寿は人間の永遠の夢だよね。それを叶えてくれる妙手、妙案が発見できたら、それは素晴らしいことだが……」

月尾の頭脳をもってしたら、それはあるいは不可能でないかも知れない。こんな逸材が異国にせよ日本にせよ片田舎に埋もれてしまうのはいかにも勿体ない……。

「しかし、介護人に代わるロボットを、という堂島君の夢も叶えてあげたいな」

私は本題に入ろうと心にもないことを言った。月尾が今度は明朗に笑った。

「それは是非早く現実のものにして欲しいです。祖父母四人の世話に手を取られている父母には何よりと思いますから」

私は戸惑いを覚え、焦った。近年肺癌が胃癌を抜いて日本男子の死因のトップに踊り出たと知って以来、タバコはやめていたが、さもなければこんな時一本取り出していただろう。

「今の話から察するに、堂島君はやはりプロの世界には進まず、技術畑の会社に就職しそうだね？」

こんな直截な質問も、紫煙をくゆらしながらだったらもう少し気楽に放てただろうに、と思った。

「あ……中島さんがスカウトマンでいらっしゃるのを忘れていました」

月尾がまた悪戯っぽい笑みを見せた。

「そうだね。君をプロに誘うことはすっかり諦めちまったからね」

「でも、堂島君には、未練がおありなんですね?」

「それは無論だよ。東大医学部にまで入った人を強引にプロの世界に誘ったら世間のヒンシュクを買いかねないが、早稲田の理工ならまだしもね。イチローだって名電工で成績もよかったらしいから、プロに入らなければ早稲田の理工あたりに進んでいたかも知れない。それを強引にプロに誘ったからと言ってスカウトマンがヒンシュクを買うことはなかったからね」

「ま、イチローさんのような天才は国家的というか世界的な財産ですから早くプロの世界に入るべきだったと思いますが……」

「堂島君も第二のイチローになる可能性を秘めた逸材だと思うが……」

「僕もそう思います。けれど、当の本人は案外そう思っていないようです」

私は疑惑に捉われた。

「どうしてかなあ。我々スカウトマンの評価も、何十年に一度のスラッガーという点で一致してるし、今秋のドラフトでは全球団が一位か二位指名をすると思うが……。彼がもしプロの誘いを蹴ってノンプロに行くと宣言したら、これはもう一大センセーションを巻き起こすよ。ロボットの開発は何も彼がやらなくても他にいくらでも研究者はいるだろうが、プロ球界で四番を張れるスラッガーはほんのひと握りしかいないんだからね」

「中島さんが説得されれば、プロに引っ張れるかも知れませんよ」

私は面映ゆい気持ちで月尾の言葉を胸にしまい込んだ。

いつしか日がとっぷり暮れて夜の帷が落ちている。東の空に煌煌たる満月が昇っている。我々を遠巻きにしていたファンはいつの間にか姿を消していたが、ふと、ひとりグラウンドの前に佇んでいる妙齢の女性に気付いた。月尾の追っかけの一人かと一瞬思ったが、何となくそうではない雰囲気である。淡いグレーのコートをまとい、髪は後ろで束ねている。シーズンが始まったらまた観に行くことを伝えて踵を返した私は、自分の車に乗り込む間際、背後を振り返った。月尾とその女性がいつの間にか肩を並べていた。

（五）

春のシーズンが始まった。六大学の人気は更に増し加わった。東大対早大戦にはプロ野球顔負けの幾万というファンが神宮球場に詰めかけた。

月尾と堂島に対するフィーバー振りは並大抵ではなく、今年のドラフトに堂島がかかることは必至とあって、マスコミの取材攻勢もすさまじかった。プロ入りはキッパリと否定し医者の道を目指すと宣言した月尾も、何かと取り沙汰された。中には、G球団の監督が熱烈なラブコールを送り、鉄のように固い月尾の意思を覆そうとしている、などと、もっともらしい記事を掲げるスポーツ新聞もあった。

そんなある日、新聞の広告欄に思いがけない記事を見出した。

写真週刊誌の広告だった。

「天才月尾のハートを捉えたソフィア（上智大）の女子大生」

なる見出しがとびこんだのだ。月尾を東大グラウンドに訪ねた早春の一日のこと、月明かりに浮かんだたおやかなコート姿の女性の面影が反射的に浮かんでいた。

私は慌てて近くのコンビニに馳せ、その週刊誌を買い求めた。

どこまで信憑性があるかは疑わしかったが、満員の内野スタンドに座ったつば広の帽子と白いブラウス、花柄のプリーツスカート姿の女性が写し出されている。月尾の高校の同期生で、水沢礼子、ソフィアの四年生、英語が得意で通訳者を目指している、とあった。二人姉妹の姉で父親はトヨタ自動車の中堅幹部と、家族構成まで書かれてある。東大のグラウンドで月尾と別れ際に垣間見たあのコート姿の女性に相違なかった。高校の同期生というからもう長い付き合いかと思われたが、意外にもそうではなく、一年前学習院に入学して生活を共にしたばかりの妹が突然腹痛と発熱を訴えたのに驚いた礼子は、月尾が医者の卵であることを思い出し、急遽相談に及んだ、それが交際を始めるキッカケだったという。月尾は段取りをつけて東大病院の救命救急センターで待ち構えていた。礼子の妹は「急性虫垂炎」の診断下に直ちに手術に付され、事なきを得た。もう半日遅れていたら破れて腹膜炎を起こしかねないシロモノだったそうで、礼子は月尾の機敏な対応に感謝した。と同時に、高校時代はクラスも別で、勉強もスポーツもあまりに突出していたからただ遠くから眺めるだけだった月尾の素顔に接し、雲の上の存在が急に身近に感じられたという。

（月尾も人の子だったか！）

記事の内容に偽りはなさそうだったから、私はこんな感慨を抱いた。

六大学のほうは、早稲田が前年の春、秋に続いて三連覇を飾った。東大は最後の対早大戦で二連敗してあっさり勝ち点を奪われ、優勝を逃した。

この二連戦の第一戦は無論月尾が投げた。

神宮に四万余の観衆が押し寄せ、ムンムンたる熱気に包まれた。

私の関心は無論堂島の打撃にあったが、第一打席から目を疑った。堂島は、これまでのうっ憤を晴らすかのように、いきなり先制ホーマーを放ったのである。二打席目もフェンスぎりぎりの大飛球であわやホームランかと思わせた。第三、第四打席はヒットを重ね、いずれもタイムリーで、堂島はひとりで三打点を挙げた。試合は四対一で早稲田が制し、第二試合、月尾の登板しなかった試合は六対一でこれも早稲田の圧勝に終わった。

「対月尾君で三割以上、ホームランも十打席で一本くらい打てなければ、僕はプロで通用しないと思いますよ」

昨年の秋のシーズンが終わった直後、私は早稲田のグラウンドに赴いて堂島と面会し、それとなくプロ入りの意向を打診したのだが、その時返ってきた言葉がこれだった。どきっとした。これまでの通算打率三割五分を誇っている堂島が、対月尾の打率は二割五分、本塁打は僅か一本に留まっていたからである。月尾がもしプロに入れば即戦力のピッチャーで一流投手の仲間入りをするだろうことを考慮しても、堂島のこの成績はやはり物足りないものだった。月尾と同じ程度の実力を持った投手はプロの各球団に一人くらいはおろう。それに対して堂島が月尾に対すると同じ程度の成績しか挙げられなければ、つまり、苦手なピッチャーを何人か作るようでは、超一流の強打者にはなれないだろう。あと二シーズンある。どんなにお百度を踏まれてもプロの世界に入ることはない、自分は医者になる、と公言している月尾にスカウトマンの触手が伸びることはないから、残る大物の堂島は何としても我々の手でプロの世界に引き込みたかった。月尾を打ちあぐんでいるとは言え、何十年に一度の逸材には相違ないのだ。その意味で、四打数三安打、うち一本はホームランと月尾を打ちこんだ堂島に、私は胸の裡《うち》で快哉を叫んだのだった。

もっとも、堂島を私の所属するO球団が獲得する可能性は一パーセントもないだろうと思われた。旧制度のドラフトならまだしも、一九九三年に、球団の一位、二位指名枠で選ばれた選手に限り自分の意思で好きな球団を選ぶことができる、という新制度が始まったからである。堂島は当然ながら全球団から一位ないし二位に指名されること請合いで、そうなれば、万年最下位のウチのような球団を彼が選んでくれることはまずないと思われた。

しかし、たとえウチの球団が獲得できなくても、堂島のような逸材には何としてもプロ球界に入ってもらいたかった。入らなければ可能性はゼロだが、入ってくれれば、ドラフトで獲得できなくても、何かの折に我が球団と縁を結ぶことがあるかも知れないからだ。そのためにも、とにかくプロに入る決意を固めてくれなければいけない。

だから私は祈っていた。堂島が残る二シーズンで月尾を打ちすえることを。まずは春、彼は見事期待に応えてくれた。が、私の心は逸った。秋のシーズンまでその去就の如何を待ちあぐねてはおれない気がした。フロントからは無論つつかれている。堂島へのアプローチ怠りなきか否か、手ごたえの如何は、等々。私はそれなりの情報をいれていた。堂島も月尾ほどではないが野球だけがすべての男ではなさそうだ、学問にも興味があり、ロボットの開発に情熱を傾けたいとの思いも秘めている、と。冗談じゃない、そんなのは野球なんぞに関心のないそっちの気狂いに任せておけばいいんだ、堂島は是が非でもプロ野球に、地元の我が球団に誘い入れよ、と、クールな答えが返ってきた。無論、そう説得していますよ——私は口を尖らせて抗弁した。

(こっちも生活がかかっていますからね)

との台詞は腹の底に吐き捨てながら。

実際、スカウトマンの固定給などはしれたもので、有望な新人をスカウトしてなんぼの世界である。野球に魅せられてしまったからどうしようもないが、生活のことだけを考えれば、選手生命を終えたところで、退職金や年金の保証されるサラリーマンに鞍替えすべきだったろう。少なくともノンプロの世界からは、これでも引く手あまただったのだから。しかし、月尾や堂島のような逸材を見出し、その成長を見すえる喜びは格別である。その意味で、第二の人生にスカウトマンを選んだことを後悔してはいない。

堂島の様子を探るチャンスは夏に訪れた。春の選抜には漏れたが、夏の大会に母校天王寺高校が進出することになり、堂島は応援に駆けつけたのだ。しかも、ＮＨＫのラジオ実況中継のゲストとして招かれていたから、彼の姿は容易に視野に捉えられたし、私はネット裏で観戦しながら手にしたマイクロラジオをイヤホンで聴いてもいた。アナウンサーとのやり取りの中から、これからの進路についてポロリと本音を漏らしてくれないかと期待したのである。当然、堂島の甲子園時代にも話題が及ぶだろう。

だが、気の利かないアナウンサーだった。堂島のかつての栄光には触れても未来のことにはまるで話の水を向けようとしない。もっとも、対戦相手のＯＢでこれは社会人野球に進んだ人物がもう一人のゲストだったから、堂島と月尾の話題ばかりを持ち出すことはためらわれたのだろうが。

今夏の天王寺は小粒な選手の寄せ集めで、堂島のように傑出したスラッガーはいなかった。監督も堂島のようなスターはいないと公言して憚らなかった。

五対四と辛勝だったが、天王寺は何とか初戦をものにした。私はしめたと思った。チームが勝ち続ける限り堂島は地元大阪に留まり、応援に精を出すだろうと思われたからである。

試合が終わったところで、私は斜め前方の席にいる堂島に寄り、まずはおめでとう、と声をかけた。堂島は愛想よく笑顔を見せてくれた。辛勝でも母校が勝利を収めたのだから機嫌の悪いはずはない。今日でなくともいいのだが少し話をしたいので時間を取ってもらえないだろうか、との打診に、明日ならいいですよ、と気安く答えてくれた。

翌日の昼下がり、大阪城を見すえるNHK大阪支局の一階ロビーで我々は落ち合った。お互いに自分たちの家から出て来て、NHKはほぼ中間点にあったのだ。

「母校の勝利もおめでたいが、その前に、早稲田の春の優勝と、首位打者、おめでとう」

私はまずこう皮切った。

「有難うございます」

堂島はスポーツマンらしく背筋をピンと立て、首だけ直角に折って礼を述べたが、振り上げた顔からは微笑がうせている。それを訝《いぶか》りながら、

「春のシーズンは、月尾君を打ち込んだし、言うことなしだったね」

と、私は早く本題に入りたい一心で月尾の名を口にした。だが、堂島は浮かぬ顔でかぶりを振った。

「中島さんは気付かれませんでしたか？　ウチと東大の試合、見にきておられたんでしょ？」

「ああ、勿論、見させてもらったよ。いきなり月尾君からツーランを放ったんで度肝を抜かれ

たよ。目の覚めるような一発だった」

「やはり、気付かれなかったんですね？」

「えっ、何に……？」

「僕が打ったのは、真中やや高め、真っ直ぐでした」

「ウン」

「彼が僕に対してど真ん中に球を投げることなどなかったのです。しかもストレートということは」

「そうだね。内角を鋭くえぐるシュート、それが彼の持ち味だし、君には特に執拗にそう攻めていたものね。さしずめ、失投、てところだったかな？」

「いえ、そうではありません」

「ウン？」

「あの日彼は体調が悪かったんです。スピードが、総体にいつもより十キロ程度落ちていました。そのことは僕だけじゃなく、チームメイトも感じ取っていました」

「体調が悪かった――て、それは、後で月尾君自身が言ったの？」

「いえ、彼は自分からそんな言い訳がましいことを言う男じゃありませんよ」

堂島が怒ったように言ったので私はうろたえた。

「じゃ、何でそうと……？　君たちの推測かい？」

「たまたま腹具合が悪かったか、寝不足だったか、それでいつもの調子が出ないんだろうと、少なくとも僕はそんな風に思ったんです。でも、いつになくやつれて見えたのが気がかりでした」

私の脳裏にすかさず、月尾の恋人だと噂される水沢礼子の顔が浮かんだ。女に溺れて男の精を枯らしている？　どんな秀才でも、若いリビドーはその捌け口を得て一旦味をしめたら抑制が利かなくなりかねない。月尾はひょっとしてそうした官能のるつぼに落ち込んだのだろうか？

「シリーズが始まる少し前に東大のグラウンドで見かけた時は、いい汗をかいてるように見えたんだが……」

堂島は少し意外という目で私を見た。

「中島さんは、まだ月尾君をプロに引っ張ろうと思っておられるんですか？」

私は苦笑した。

「いや、それはもう九分九厘諦めているよ。しかし、何せあれだけの逸材だからね、彼が野球をやってる間にその英姿をこの網膜にしっかと焼きつけておこうと思ってね」

私を見すえる堂島の目がかげった。

「野球どころか、ひょっとしたら、本願である医者になることもできないんじゃないか、て、僕は心配してるんです」

「えっ？　どういうこと？」

堂島は一旦唇をかみしめ、同時に視線を落してから、やおら、意を決したように、二の句を促す私の目を見返して唇を開いた。

「彼は、今、入院してるんです」

「入院!?　どこに？　何の病気で？」

動転のあまり私は矢継ぎ早に質問を重ねていた。

「東大病院です。胃潰瘍ということですが」

私はホッと安堵した。

「何だ、胃潰瘍なら今は手術しなくたってほとんど薬で治るんじゃないかな？」

「そうですね。でも彼は手術を受けたんです」

「えっ、いつ？　新聞は隈なく読んでるし、週刊誌の広告記事にも目を通しているが、どこにもそんな記事は見なかったよ。恋人云々のそれは読んだが……アレは、まだ、シーズン中だったかなあ……」

「春のシーズンが終わって間もなくですから、一ヶ月程前です」

「ひょっとして、悪いものだった？」

「で、しょうか？」

堂島は腕を抱えて顎を落とした。私の視線を避けた風ではないから、事実を知っていながら秘めているとは思われなかった。

「見舞いには行ったの？」

聞きそびれていたと思い到って私は尋ねた。

「ええ、こちらへ来る二、三日前に行きました」

「どんな様子だった？」

「ゲッソリ痩せて、見る影もなかったです」

堂島は沈鬱な面持ちで暗い目を振り向けた。私は息をのみ、言葉を失った。

（六）

うだるような真夏日の午後、私は重い足を東大病院へ運んだ。

　堂島から月尾の入院を聞いて、居ても立ってもおられなくなった。本来なら甲子園の大会が終わるまで大阪に留まるべきだったが、一回戦が終わり、これはと思う二、三の選手に目星をつけたところで上京した。とんぼ帰りは無理だと判じたから、夫の転勤で横浜に移っていた妹の家に一泊させてもらうことにした。

　高校で家を飛び出して私の所に来た妹は、短大を出てＯＬになったところでひとり立ちしたが、勤め先で上司になった男に見初められ、結婚した。

「お兄ちゃんのことは知ってて、あたしがその妹と知って感激してたよ。熱烈なファンだというから、お兄ちゃんにも喜んでもらえるだろうと思って、プロポーズに応じたの」

　妹は親よりも誰よりも先に彼氏のことを私に話してくれた。私と同様、彼女も滅多に実家に寄りつかなかった。結婚相手のことも、私に引き合わせてから大分経って打ち明けたようだ。

「お兄ちゃんのボールを一度受けて見たいって」

彼氏と会ってもらいたい、ついては都合をきかせて、と電話をかけて寄越した妹は、最後にこう言い足した。

その日、相手の男は本当にグラブを携えてきた。それもキャッチャーミットを。わざわざ買ったようにも見えなかった。聞けば、会社の野球チームでキャッチャーをやっているという。上背はさしてないが、ガッチリした体格で、腕は私より太そうだ。挨拶もそこそこに、我々は外に出た。

妹が見守る中、彼は嬉しそうに走り出て、その辺でいいよと私が指示したところで立ちどまると、蹲踞《そんきょ》の姿勢でミットを構えた。最初の五、六球は加減して投げたが、後は本気で放り込んだ。二十球ばかり投げたところで、もういいです、有難うございましたと、彼は立ち上がった。

「いやあ凄い！　やっぱりプロはちがいますね。手がヒリヒリして、もう駄目です」

彼氏は真っ赤になった手を見せて感激の面持ちで口走った。妹はその手を取り、「アラ、ホント、真っ赤になってる！　痛そう」と自分の両手にそれを包み込んだ。微笑ましい光景だった。この男と一緒になれば妹は幸せになるだろう――私はそう確信した。

外科病棟のいくつもない個室の一つに月尾はいた。

ドアをノックすると、「はい」という女の声が返り、ややあって、ゆっくりとノブが回った。そして、これまたそっとドアが開かれたが、不意の侵入者をそのまま中には入れまいとするかのように、若い女が隙間に立ちはだかってこちらを見すえた。

「中島と言う者ですが……」

私は無意識にポケットから取り出していたハンカチで額の汗を拭きながら言った。

「O球団の、スカウトマンをしております」

「あっ……どうも……」

水沢礼子――彼女に相違なかった――は小さく声を放ち、背後を振り返った。病人の意向を伺う素振りと知れた。

「入ってもらって」

覚えのある、しかし、頼りなげな声が聞こえた。女は頷き、顔を私の方に戻すと、

「どうぞ」

と囁くように言って一歩後退し、私が入るスペースを作ってくれた。私は柄にもなく花束を手に下げていた。病院前の花屋で急遽買い求めたものだ。水沢礼子がいてくれたのは幸いだっ

た。直接病人に手渡すのはためらわれたからである。

部屋には花瓶が置かれてあり、既に花が生けてあったが、私が差し出したものを彼女は恭恭しく受け取ってくれた。その手つき、身振りに、育ちの良さと持って生まれたものと思われる気品が感じられた。肩先まで伸びた髪は柔らかくウエーブがかかり、形の良い額と耳を露にした顔はほとんど化粧を施していないように見えたが、艶やかで美しかった。

が、目を転じて奥のベッドに視線を移した瞬間、私は立ちすくんだ。そこに病衣をまとって座しているのは、私の脳裏にインプットされた月尾逸人ではなく、まるで別人だった。瘦せこけて、それでなくても彫りの深かった顔がくっきりと眼窩を浮き立たせ、そこにラムネの玉のようにはめこまれた目が異様な暗い光を放ってこちらを見すえている。黒々と豊かだった頭髪も薄くなって光沢を欠いている。

「堂島君から聞いて驚いて……何しろ寝耳に水のことだったので……取るものも取り敢えず……」

よく見れば咎める色合いなどはまるでない、それどころか、かすかに笑んでいるのだが、咄嗟の印象で私は己を招かれざる客と思い込み、思わずしどろもどろになった。

「甲子園でお忙しいでしょうに、よく来て下さいました」

月尾は痩せた手でどうぞとばかりベッドサイドの椅子を示した。促されるままそこに腰を落したが、刹那、御し難い感情が胸を突き上げ、私は思わず月尾の痩せ細った手を両の手に握りしめていた。

「月尾君、どうしてこんなことに……！　僕は、僕は、天を恨むよ。君は神の申し子、天に愛《め》でられた人だと思っていたのに……」

後は声にならなかった。そのまま嗚咽に陥りそうになるのを、唇をかんで何とかこらえた。

固く月尾の片手を握り締めた私の両の手を、月尾のもう一つの手が逆に包み込んだ。

「アリガトウ、中島さん」

「すべては運命ですから」

私は耳を疑った。私の人生の半ばも生きていない人間の放った言葉とは信じられなかった。

「むごいよ！　駄目だよ！　そんな、物分かりのいい運命論者にならないで欲しい。無情な神に唾を吐きかけてやれよ！　僕は、もう一度、君の剛速球を見たいよ。堂島君もたじろがせる、あの、切れ味鋭いシュートを、もう一度、見たいよ！」

汗ばんだ私の手にヒンヤリと低い体温を伝わらせる月尾の手を握り直してその胸を揺さぶった。

「ウウッ……！」

と、抑えていたものが弾けたような声が聞こえた。私はハッとして首をめぐらした。水沢礼子が背後に立ってハンカチで顔を覆っていた。

半時後、私は茫然自失の体で東大病院を後にした。

熱に浮かされたような、悪い夢からまだ醒めやらないでいるような、ボーと淀んだ頭の中を去来するのはこんな思いばかりだ。

（この世は不条理だ！）

（自分のような大した取り柄もない人間がのほほんと生き、月尾のような惜しんでも余りある才能に恵まれた人間が早々とこの世から消えようとしている。夭折は天才の宿命なのか？　それにしても早過ぎる！）

夭折した彼我の名選手を私は思い浮かべていた。日本では皆無、ベースボールの本家アメリカのプロ野球史上でも数名を数えるのみの四割打者の一人ルー・ゲーリッグは、その円熟期に奇病「進行性脊髄側索硬化症」に冒されて四十歳そこそこでこの世を去った。大打者を奪った病気を憎むあまりか否か、この病気は後にルー・ゲーリッグ病とも名付けられたと聞く。時速一六〇キロの快速球を繰り出していたかも知れない沢村栄治は二十代の若さで死んだが、これは戦争のためだから半ば不可抗力だ。広島カープの名ストッパー津田恒美は確か三十二歳で脳腫瘍のため死んだ。

が、月尾は彼らの誰よりも若いのだ。本当の意味で、人生の桧舞台《ひのき》にはまだ立っていない。その本望を一瞬なりとも遂げてはいないのだ。人の命を救う医者を志しながら、自ら病魔に易易と屈しようとしている。

「もっとあがき、もっと激しくあらがって欲しいよ」

帰阪した私は、私の報告を待ちあぐねたような面持ちの堂島と相対し、月尾の様子を告げた後でこう吐いた。

「二十二歳の青年が、まるで修験者のように悟り澄ましている。僕は彼の倍の人生を生きてもなお連綿と生に執着しているというのに！　歯がゆくって、悔しくって、やり切れなかったよ」

「あの人は、人間が出来過ぎてるんです。俗人じゃないんですよ。名誉とか、欲望とか、そういったものには超越してるんです。生きながらえたら間違いなく第二のシュヴァイツァーになった人ですよ」

「しかし、彼は老いを憎んだ。祖父母が呆けて父母がその世話に明け暮れるのを見て、不老不死の薬を作りたい、などと言っていたよ。それに、人並みに恋もしてるじゃないか。僕が見舞いに訪れた時、たまたま彼女が来ていたが……」

「ああ、そうでしたか！　僕も会いました。上品で、美しい人ですよね」

「うん、月尾君とお似合いだよ。彼女のためにも、悟り澄ましてなんかいないで、力を振り絞って生きる意欲を見せて欲しいな」

「そうですね。でも、どうなんでしょう」

　堂島の目が曇った。

「彼の病気は、僅かでも治る見込みがあるんでしょうか？」

　私は返答に窮した。確認しえたわけではないが、月尾の肉体を蝕んでいるものは、潰瘍などではなく、癌であるに相違なかった。

　胃癌——それは私自身がもっとも怖れている病気だ。実の父を若くして奪い、私の家庭の平和を乱した憎んでもあまりあるシロモノである。

「手術を受けた、と言ってたよね？」

「ええ」

「じゃ、やはり癌だったんだね。それも、多分、取りきれなかったんだよ。手遅れだったんだ……」

堂島は意気消沈の面持ちを深めて言った。

「そんな手遅れな癌だとしたら、急にできた訳ではないですよね。春のシーズン、いや、去年の秋、彼は既に病気に冒されていたんじゃありませんか？」

「う──ん……そうかも知れないね」

私は唸った。内に癌を宿しながら、あれだけの投球をやってのけたのか？

「だとしたら、極限の状況で投げていたわけだ」

「まさに、一球入魂だったんですね。もっとも、本人は病気に気付いていなかったでしょうが」

私は深く頷く他なかった。

天王寺高は準決勝で愛知の享栄に敗れた。

享栄のピッチャー河合はかつての工藤を髣髴《ほうふつ》とさせる速球派で、体型もなんとなく似ている。長身痩躯の月尾とは対照的だったが、スピードとシュートを武器としている点で似ていた。天王寺の四番打者早田は堂島ほどではなかったがなかなかのスラッガーで、甲子園に来てからも二本の本塁打を放っている。しかし、河合に対してはシングルヒット一本に終わり、チームもシャットアウトを喫して敗れた。

私はスコアブックに留めた十名程の選手の中で河合と早田に二重丸を付した。そして、少し不思議な気がした。かつての月尾と堂島の対決が思いだされたからである。「新旧交代」「生生流転」、更には「盛者必衰」という言葉が次々と浮かんで来た。

母校が敗れた翌日、堂島は東京に帰った。月尾君、まだ入院しているそうですから見舞いに行きます、という彼に、僕も一緒にいくよ、と私は答え、日時を示し合わせた。

（七）

生から死へ、それも、人生八十年の時代に、その三分の一にも満たずして、急転直下、こんなに他愛なく人生の終焉を迎えるなんてことがあるのか——僅か三週間のあいだに更に様変わりしてされこうべの如く痩せこけた月尾を目の辺りにして、私は足がすくんだ。

しかし、この前と同じように水沢礼子に迎えられて部屋に入った我々に、口の周りを皺だらけにして、月尾は精一杯の笑顔を作った。

「天王寺、惜しかったね」

私に会釈してから堂島に目を移して月尾は言った。

「えっ、見てたの？」

堂島は床頭台の上の小さなテレビに流し目をくれた。高校野球は前日に終わっている。

「ああ」

と月尾は小さく頷いた。

「天王寺対享栄戦が、事実上の決勝戦だったね」

天王寺を下した享栄が優勝したのを、私は宿泊先のビジネスホテルで見ていたが、月尾も見ていたのだろうか？

「天王寺の早田君は、堂島二世になれるかもね」

「いや、球を的確に捉えるセンスは僕より上かも知れないな」

この期に及んでも野球談義とは！　私も口を差し挟まずにはおれなくなった。

「それより、享栄の河合こそ月尾二世だね。彼は、月尾君に憧れているそうだよ」

無論、作り話ではない。河合が脚光を浴びるにつれインタビューを受けることが多くなった、そのある時のコメントを拾ったものである。

「そうですか。それは、嬉しいですね」

月尾はまた口の周りに深い皺を刻んで顔を綻《ほころ》ばせた。

「確かに彼は僕に似てますね。投げ方も、球種も」

「生生流転」という言葉がまた私の脳裏に去来した。月尾はこの世から消え去ろうとしているが、彼に代わる逸材が生まれつつある。

「しかし、河合君が東大に入って君が築いた黄金時代を継承してくれることは期待できないよね」

私は水をさすようなことを口にしたが、その時フッと、秋の六大学に思いを馳せていた。月尾の抜けた東大はどうなるのだろう、と。

「分かりませんよ。河合君は勉強もできるそうですから」

堂島が横から口を入れた。月尾が相槌を打つのを見て、私は二の句を押し戻した。出来ると言っても、朝日のような進学校の中で出来るのとは訳が違うだろう、文武両道に秀でた月尾のような天才は二度と現れないよ――そう言いたかったのだが。

それにしても、彼は本当に自分の病気の何たるかを知り、潔く死を受容しつつあるのだろうか？

やがて、月尾の声が徐々に小さくなったのに気付いた私は、堂島を促して暇を告げた。そこまでお送りします、と言って水沢礼子が後についたが、廊下の半ばで「すみません」と我々に声をかけた。

「ちょっと、お伝えしなければならないことがあります」

振り返った私と堂島に、水沢礼子はそう続けて、廊下から切り込んだ形で設けられたデイルームをさし示した。そこにはいくつかのテーブルとそれを囲む椅子、コーナーにはベンチ風情の木製の長椅子が置かれてある。その半ば以上は既に我々と同じ見舞客とおぼしき人々で占められているが、空いたテーブルが一つあった。ごく自然に我々はそこへ腰を落ち着けた。

「逸人さんは、あさって、ここを退院します」

一呼吸置いて、薄くルージュの入った形のよい唇を開いて水沢礼子は言った。

「退院……!?」

私と堂島が異口同音に返していた。

「自宅療養、されるんですか?」

「いえ……ホスピスに移ります」

私は息を呑んだ。

「それは、月尾君自身の希望によることですか? それとも、こちらの主治医がそうすすめたんですか？」

私の胸にすかさず来した疑問を、堂島が代弁してくれた。

「逸人さんのご両親がこの前の週末に来られて、もう治療は何もしないということだからここにいても仕方がない、ホスピスに移ったらどうか、と言われ、逸人さんもそうしますと答えて……昨日、ホスピスの部屋が空いたからと、お父様から連絡があったのです」

（やはり月尾はもう何もかもわきまえているのだ！）

ホスピスが余命幾許《いくばく》もない末期癌患者のための施設であることくらい知っていた。そこで最期の日々を送る患者たちの意外に安らかな表情を捉えたドキュメンタリー番組を見たこともある。癌の末期――驚いたことに、患者は皆その事実を承知していた――でもあんな風に苦痛のない日々を送れるなら、私がもし癌になった時もホスピスで最期を迎えたいと思ったものだ。

しかし、テレビで放映されたそのホスピスでの平均在院日数は確か一ヶ月そこそこだった。無論、治療らしい治療は一切行っていないし、患者も家族もその点は納得ずくのことらしい。

してみると、月尾の余命ももう指折り数えられるところまで来ているということか？　本人はそれをどう意識しているのだろう？

「で、ホスピスは、どちらの……？」

堂島が質問を重ねた。

「神奈川の二宮にあるピースハウスです。聖路加病院の日野原先生がお建てになったという……」

「よかった。二宮なら近いですね」

私は生憎《あいにく》不案内で〝二宮〟なる地名も初めて耳にしたが、ここで一旦大阪に戻ってしまえば、再度上京の機会はなかなか掴めないだろう。

私と堂島は〝ピースハウス〟の住所と電話番号、それに、連絡係としての水沢礼子の携帯番号をメモして病院を後にした。

「僕はもう来れないかもしれない。でも、最後にもう一度会いたい気がするから、月尾君の容態がひどく変わるようなことがあったら知らせてくれないか」

別れ際、私は堂島にこう言った。

「分かりました。ご連絡します」

相変わらず、背筋をピンと立てて堂島は答えた。

球団事務所に赴いて今夏の高校野球のめぼしい選手のデータを示しながらGM（ジェネラルマネージャー）と相対したが、彼は渋面を作って唇を歪めながら言った。

「高校生はクジ運で決まるし、引き当てても当人が厭《いや》と言えばおしまいだからな。君らの実績にもならんだろう。それより、大学生か社会人で手応えのある選手はいなかったのかい？」

GMは私と違って、野手だが一時代を画したエリートだ。監督業も何年か勤め、一度は万年Bクラスの球団を優勝に導いた。データ重視の理論家として聞こえていたが、選手たちの人望はない。ミスをしでかした選手をぼろくそにこきおろすからである。その毒舌こそ我が球団に必要、やる気のない選手にハッパをかけて欲しい、とフロントの方針でかつてないGMなるポジションを設けて迎えられたが、早くも監督との確執が取り沙汰されている。私もこの人物を好かなかった。一年契約ということだから、来年の春まで我慢するしかない、と言い聞かせている。

「早稲田の堂島へのアプローチは怠っていないんだろうな？」

GMは冷ややかな目をむけて続けた。

「無論です。しかし、前にもご報告した通り、彼がプロに入るか社会人になるかは依然として五分五分の状況です」

GMはポンと自分の膝を打ち叩いた。

「そこをプロに誘い込むのが君らスカウトマンの仕事じゃないのか！　発展性のない報告なん

か聞きたくない！」

　年を取るにつれこの人物は短気で居丈高になってくるような気がする。

　反論がのど元まで出かかっていた。大学生は逆指名できるんですよ、人気球団や年俸の良い所に魅力を感じるのが当たり前、我が球団にどんな取り柄がありますか？　あなたのような捻《ひね》くれて根性の悪い、選手や部下は使い捨てでいい、などと公言して憚らぬ人物が巾《はば》を利かせているような球団に、堂島のような人間味も豊かな大物が来るはずはないでしょ、と。

　だが、私は喉もとの熱い魂をグッと呑み込んだ。このGMにたてついたら、こちらの首が危ない。それでなくとも、最初に月尾の病状を告げた時、GMがすかさず吐いた無情な一言を忘れていなかった。

「月尾はもう過去の人間じゃないか！　そんなのに関わってる暇があったら、堂島にお百度を踏んでプロ入りを決意させて来いっ！」

　私はこの一言でGMの人間性に幻滅を覚えた。

　堂島から携帯に連絡が入ったのは、帰阪して三週間程経った時だった。私は新幹線で名古屋に向かっていた。享栄高校のエース河合に会うためだ。しかし、マナーモードにした携帯のバイブレーションをズボンのポケットに感じ、取り出した携帯で発信者が堂島と知って、私は慌てて席を起ちデッキに出た。

「月尾君がいよいよです」

堂島の押し殺した声に万感の思いを感じ取った。礼を述べて電話を切ると、席に戻って河合宛にメールを送った。平日で河合は五時まで授業があるというので、五時十分に校庭で落ち合う約束をしていた。それをキャンセルする内容だった。

私はそのまま「こだま」に乗り続け、小田原で降りた。次いで上りの東海道線を拾って二宮駅で降り、タクシーに「ピースハウス」と告げた。そこから十分もかからないと堂島から聞いていたが、その通りだった。

ピースハウスに着いて「月尾さんの病室は?」と尋ねると、「あっどうぞ。ご案内します」と、事務所から若い痩せぎすの女性が出て来て先に立った。

建物の中は壁に絵がいくつもかかり、小ざっぱりと明るいたたずまいで、ここに気息奄々《きそくえんえん》たる病人が何人も横たわっているとは到底思えない。居るのか居ないのか、医者や看護婦の白衣姿も見当たらない。

こちらです、と案内された部屋の前に来て、私は息を呑んだ。何やら歌声が聞こえてくる。大勢の人間の合唱だ。案内して来た事務員は廊下に踏み留まって私を部屋の中へ押し出す仕草をしてみせた。ドアは開かれているが、そこにもう人の立ち姿が迫っていて、幸い上背に勝っていた分、私は何人かの頭越しに内部をのぞき得た。

驚いたことに、人々は皆立っていた。奥のベッドに、血の気なく、身じろぎ一つせず目を閉じて、既に死んだように横たわっている月尾ひとりを除いて。

ふと、何かが私の手に触れた。私と隣り合う形になった者が、「どうぞご一緒に」と小さく涙声で言って、そっと紙片を手渡したのだ。「山路越えて」と題され、歌詞が一番から三番まで印刷されてある。人々の歌声に耳を澄ました私は、それが二番の半ばにさしかかっていることを知った。

（讃美歌のようだ！）

と気付いた。〝合唱〟と言ったが、皆が等しい声量で歌っているわけではない。ひときわ大きく響いてくるのは、ベッドの脇に立った一組の男女の声だった。男性は私と同年輩かやや上に見えた。学生の詰襟のような独特の上衣をまとっていた。後に、それは「聖公会」と称するキリスト教一派の牧師の装束と人に教えられた。このホスピス専属の牧師だろうか――。が、すぐに別の考えが閃いた。そうではない、彼は月尾の父親であり、傍らでひときわキーの高い澄んだ声で歌っているのは、その妻、つまりは月尾の母親に相違ない、と。

ベッドを挟んだ向こう側には、必死に嗚咽をこらえている水沢礼子と、さながら彼女をエスコートするように並び立っている堂島の姿が垣間見られる。

二番が終わるまではそうして内部を見渡しながら皆の歌声に聞き入るばかりだったが、三番にかかった時、私も声を出して合わせていた。

切なくも懐かしい、どこかで聴いたようなメロディーだ。何か知れぬ熱い魂が胸にこみ上げてきた。

歌が終わった。私は思い切って更に一歩中に踏み込んだ。刹那、死人かと思われた月尾が、深い眼窩の奥で目を開いた。ベッド脇の中年の男女が一斉に月尾の顔をのぞき込んだ。

「あ、り、が、と……ボクは、じゅうぶん、しあわせ、でした」

中年の男女が椅子に腰を落とし、月尾の手と腕を取った。

「礼を言うのはこちらだ」

牧師はやはり父親だった。

「君のようないい息子を持って、私こそ幸せだった。すぐに後から行くよ」

「私もよ、逸人さん！　天国で待っててね」

母親とおぼしき女性が続けた。精一杯の笑顔で頷いた月尾は、片腕を両親に預けたまま視線を反対側に転じた。

「堂島君……」

唇をかんで佇んでいた堂島が、長身を折り曲げた。

「この人、を……」

と月尾は自分の左手をかすかに持ち上げて水沢礼子を指した。

「礼子さん、を、頼みます」

一瞬戸惑いを示した堂島が、毅然とした面持ちに返って頷きかけた時だった。

「イヤッ！」

悲鳴とも叫びともつかぬ甲高い声が耳をつんざいた。次の刹那、縞柄のワンピースが蝶のように舞ったかと思うと、露な白い二の腕が枕もとに突き出され、先端の両の手がゲッソリとこけた月尾の頬を挟みこんだ。

「行かないでっ！　行かないでっ！」

身も世もあらぬ悲痛な叫びだった。そして、宇宙はもはや我と彼二人のものでしかないかのように、水沢礼子は月尾に覆いかぶさると、激しい狂ったような接吻を、かすかに開いたその口元に浴びせた。

月尾の、俗に言う四十九日が明けぬ間に秋の東京六大学が始まった。

月尾を欠いた東大は連敗を重ねた。一方、堂島のバットは火を噴いた。試合ごとに彼は、怒りをぶつけるかのようにボールを打ち叩き、時には場外にまで飛ばした。早稲田は連戦連勝、早々と勝ち点を挙げて春に続き連覇を遂げた。東大は四年振りに最下位に落ちた。

プロ野球のドラフト会議が十一月に開かれた。高校球児も数名混じっていたが、我が○軍は逆指名などおよそ考えられないから、高校球児よりも望み薄の大学や社会人野球のスター選手を、駄目もとで一位二位指名者のリストに載せた。堂島も無論そのひとりだったが、堂島はほぼ全球団が一位か二位に指名した。逆指名を受ける自信のある有力球団は言うまでもなく一位に推したが、弱小球団はどうせ駄目だろうとの計算から二位に留めた。私の球団も二位指名だった。

その実、堂島の去就はまだ誰も掴み得ていなかった。月尾の夭折以来、堂島は一段と寡黙になった。無責任な週刊誌が、月尾の臨終のひとこまを「死者への接吻」と題したドラマに仕立て上げ、そのなかで堂島を悲劇の主人公として扱ったことが、実直な彼の性格と内に秘めたプライドを痛く傷付けたのかも知れなかった。

その記事は、月尾が今際《いまわ》の際《きわ》で恋人の水沢礼子を堂島に託し、堂島は男冥利に尽きるとばかりこれに応じようとした途端、礼子がそれを無視して月尾にむしゃぶりつき、苦しい最期の息を吐き続けているのものかは、火のような接吻に及んだ、目の前でそんな光景を見せつけられた堂島は茫然自失の体で立ちすくんだ、という内容のものだった。

その週刊誌を手に取って読んだ時、私は知らず体がふるえた。あの臨終の場にマスコミ関係者はいなかったはずだ。内輪の者を除いては、月尾の大学の仲間や恩師らしき人物ばかりと見受けた。ひょっとして、それと巧みに装った人間が紛れ込んでいたのだろうか？

秋の六大学シリーズが始まりかけていたから、私は心配になって堂島に電話をかけた。

案の定、堂島の声は冴えなかった。それどころか、思いがけない言葉が返ってきた。

「僕の方からもかけようと思っていたところです。中島さん、あの週刊誌の記者から、取材を受けましたか？」

「えっ……!?」

一瞬質問の意味を解しかねたが、すぐに思い到って、私は頭に血が昇った。

「堂島君、じゃ、君は、僕があの記事のネタを提供した、とでも疑っているのかい？」

声がふるえ、目が血走っているのを自覚した。

答えが返らない。

「そ、そうなんだね？」

興奮すると、私は自分でも御し難く吃《ども》ってしまう。

「ぼ、僕を、き、君は、そういう男だと、思っていたんだね？」

また沈黙が淀んだ。が、今度はほんの十秒程だった。

「すみません。中島さんは絶対そんな人ではない、と信じながら、つい……だから、確かめたかったんです。よかったです。電話を頂いて……」

今度は私の方が返す言葉に詰まった。堂島が深い息を吐いてから二の句を継いだ。

「でも、僕はあの記事に、反論のしようがないんです」

「えっ、どういうこと……？」

「これは、中島さんの胸の裡にだけ留めておいて下さい」

「も、もちろんだよ」

不覚にもまた吃ってしまったが、堂島の秘密は固く守るつもりでいた。

「僕は、月尾君の彼女に、惚れていました。だから、彼があの場であんな風に言ってくれた時、天にも昇る心地で、絶対彼女を幸せにしてみせるって思ったのです。ところが、結果は、御覧になった通りで……見事に、ふられてしまいました」

魔法の箒《ほうき》があったら、私はすぐにもそれに乗って飛んで行き、堂島を抱きしめたかった。

堂島はプロに行くともノンプロに行くとも宣言しないままその年が暮れようとしていた。

冬のボーナスが雀の涙程出た。クリスマスイヴに、私はそれでせめてもの家族サービスをと思い、大阪一のホテルへ女房と子供達を連れて行った。

「大物ルーキーは皆他球団を逆指名してしまって……来年もお父さんのチームは期待できそうにないけど、でも、まあ、めげずに頑張って」

高校二年の次男がこましゃくれたことを言って乾杯のワイングラスを私のそれに合わせた。

「ウン、でもな、最大の大物がまだ残っているからな」

「最大の大物って……？」

「堂島のことに決まっているじゃないか、ねえ？」

大学生の長男が弟に、次いで私の方に顔を振り向けた。私は頷いた。

「そりゃ無理だよ。G軍へ行くよ、きっと」

「まあな……」

私は頷いてグラスを口に運んだ。実りのない一年だった。しかし、月尾や堂島との忘れ難い思い出を刻み残してくれた。いい年だった——そんな感慨が胸にあふれてきた。

ディナーが終わりかけた時だった。ポケットの携帯が震動を伝えた。

私は携帯を取り出した。左右から妻と次男がのぞき込んだ。

「おっ、噂をすれば何とやら、だよ」

「堂島選手、からだ！」

次男が、隣の兄に興奮した面持ちで伝えた。

「えっ、ホントか？」

長男が頓狂な声を挙げて私の方へ乗り出したが、私は逸《いち》早く携帯を耳に当てていた。

「ハイ……中島です」

私も興奮していたが、声は辺りを憚って押し殺した。

「堂島です」

巨体に似合わぬややくぐもった声が返った。二言三言、挨拶めいた言葉を交し合った後、数秒の間を置いて、堂島が沈黙を破った。

「中島さん、僕、腹を決めました」

「うん？」

私は携帯をひしと強く耳にあてがった。

「中島さんの所に、お世話になります」

「ど、どうして……!?」

天地がひっくり返った思いで、私は小さな携帯を握りしめた。

「いや、ほ、ホントかい？　そ、それは……」

「ええ。ロボットへの未練も断ちがたいものがありましたが、でも、やっぱり、月尾君の弔いの為にも、プロでやってみよう、と思いまして。彼も、本当は、プロに入りたかったんですよ」

「そうか！　いや、でも……よりによって、何故ウチみたいな弱小チームに……？」

スカウトマンのくせにこんな自嘲めいた台詞を吐く、だから俺は駄目なんだ、とすぐに反省しながら、私はもうほとんど上の空でいた。家族が浮き足立って目配せし合っているのを茫と視野の片隅に捉えながら。

「月尾君がそう望んでいましたから」

「えっ、月尾が……!?」

「プロに行くなら、中島さんの所に行って欲しい。やり甲斐もあるだろうからって、そう言ってました」

「あ、ありがとう……！　このこと、ウチの監督やフロントには……？」

「まだどなたにも言ってません。中島さんに最初に報告したくて……」

「堂島君、ありがとう！　ありがとう！」

もう後は夢ともうつつとも分からなくなった。

あふれる涙で目はクシャクシャになり、辺りの人間も風景もおぼろのまま、私は熱にうなされたように、誰のものとも分からない二つのグラスを双手に取って天に突きあげた。

「バンザーイ！　バンザーイ……！」

「あ、あなた、まだ、ワインが……！」

妻が悲鳴に近い声を上げた。果たせるかな、冷たいものが顔にふりかかり、涙とごっちゃになって頬から顎に滴り落ちた。

「ああ、人生っていいものだっ！　生きてるってことは、素晴らしいぞっ！」

我知らず胸から突き上げてくる激情に陶然と酔い痴れ、やたらあふれくる涙に、もう目をあけておられなくなった。

（八）

オフのキャンプが始まった。例年通り我が球団は沖縄に遠征した。目玉商品ならぬドラフトの注目を一身に集めた堂島一馬が、大方の予想を裏切ってクジを引き当てた我がチームに入団を決めたことで、マスメディアは例年になく多数の人間を我が軍に随行させた。

スポーツ記者ばかりではない。週刊誌のカメラマンも次々と乗り込んできて、専《もっぱ》ら堂島の写真を撮りまくった。

私も、キャンプの半ば頃、沖縄に飛んだ。一人ではない、家族を伴って行った。子供達が、目の辺りに堂島を見たいとせがんだからである。

「堂島選手はお父さんの言うことなら何でも聞いてくれるんでしょ？　僕達と一緒に記念写真を撮ってくれるように頼んでね」

子供達の望みは叶えられた。

フリーバッティングで一汗かき終えた堂島は、三塁側の観客席にいる私と目が合うや、こちらへ近付いてきてくれた。

堂島の一挙手一投足に目を凝らしていた次男が私の膝をつついた。妻は浮き足立った。

「どうしましょ？　私は何てご挨拶したらいいの？」

「僕が紹介するからいいよ」

私が立ち上がると、妻も子供達もおずおずと右に倣えをして立ち上がり、直立不動の姿勢を取った。

堂島はタオルで汗を拭きながら、一方の手にはバットを握ったまま、頑丈そうな白い歯を見せて破顔一笑した。私はフェンスに歩み寄った。

「お久し振り」

「お久し振りです」

堂島が返してくれたところで、私は半身になって背後で身を固くしている三人をさし示した。

「妻と息子達です」

三人ははにかみながらピョコンとお辞儀をした。

「中島さんは、四人家族、ですか？」

会釈をしながら、繁々と三人を見て堂島は言った。

「ええ、皆堂島君の大ファンですよ。来る前から是非とも堂島選手と一緒に写真を撮ってもらうんだと意気込んでいました」

妻が、購入したばかりの携帯電話をポシェットから引き出した。

「それはそれは」

堂島は微笑を広げた。と、見る間に、ひょいとフェンスを跨いで私の目と鼻の先に立った。

「ワーッ！」

「キャー！」

黄色い声があちこちから飛んだ。見れば、妻が手にしたと同じような携帯を目の前にかざして、観客席に陣取っていた若い娘達がどっとこちらに走り寄ってくる。

いつかどこかで似たような光景を見たように思った。

記憶はすぐに蘇った。六大学のシーズン前の東大グラウンドの一コマ一コマが。月尾逸人目当ての少年少女、わけても若い女性達の月尾コールを。無論、彼女ら一人一人の顔は思い出せない。

瞼に浮かんだのは、とっぷりと日が暮れたスタンドに、満月の光で浮き出た、当時は誰とも知れぬ月尾の恋人水沢礼子の姿だった。

堂島が息子達の間に割って入って二人の肩に手をかけ、正面に立った妻が構えたのを見て、堂島を目がけて来た女性達の足は止まった。

「僕が代わろう」

私は長男の横から抜け出て妻に手を伸ばし携帯を受け取った。

妻や子供達のはにかんだような嬉しそうな顔を画面に見て私もにんまりしたが、瞼の裏からまだ消えないでいる水沢礼子の面影が堂島にだぶった。

（この列に彼女が加わっていたら！）

一瞬そんな思いが脳裏を掠《かす》め、切ないものが胸をよぎった。

私が情報源ではないかと堂島に疑われた週刊誌騒動は、尾を引くことなく、線香花火の如く呆気なく萎《しぼ》んで消えた。それはそれでいいのだが、堂島が実際に受けたショック、死にゆく月尾への水沢礼子の激しい接吻を目の辺りにした傷心は癒えているのだろうか？　私にはその方が気がかりだった。月尾は今際の際で最後の力を振り絞るように、「この人を頼む」と礼子を指さして堂島に言った、いわば遺言を、礼子もよもや聞き逃してはいないはずだ。

堂島が頷きかけた瞬間、礼子は「イヤッ！」と叫んで、二の句を継がせまいとするかのように月尾の口を塞いだのだが、呆気に取られながらそっとその場を抜け出して帰途に就いた私の脳裏には、昔見た映画のワンシーンが鮮烈に蘇っていた。

それは、映画史上ベストワンとも評される「第三の男」のラストシーンだ。名匠キャロル・リードが監督、オーソン・ウェルズ、アリダ・バリ、ジョセフ・コットンが主演したモノクロフィルム。

第二次大戦が終わって数年後、親友ハリーの招きでウィーンを訪れたアメリカの探偵小説家マーティンは、アパートにハリーを見いだせず、守衛からその部屋の主は死んだと告げられ愕然とする。腑に落ちないマーティンは、持ち前の好奇心も手伝ってハリーの消息を追求、ついに見つけ出すが、間もなく見失ってしまう。マーティンはハリーの恋人と共に必死に探し回るが、漸く突き止めた時は、ハリーは既に帰らぬ人になっていた。悲嘆にくれる恋人。共にハリーを捜している内にいつしか彼女に横恋慕していたマーティンは、ハリーを地下に葬った後、先回りして彼女を待ち受け、やがて近付いてきた彼女に声をかけようとする。しかし、女はマーティンに一瞥《いちべつ》すら与えず通り過ぎて行く。亡き親友への女の一途な愛を思い知らされ、マーティンは悄然としてその場を去る。

アントン・カラスの切ないチターの音色を聴きながら、マーティンの傷心を思いやって、私は暫《しば》く席を立てなかった。作品は私が生まれる以前のものだから、私が見たのはリバイバル上映物で、専ら往年の名画ばかりを上映しているその手の映画館でだった。

月尾の臨終の場での水沢礼子と、アリダ・バリ演ずるこのヒロインが重なって、その後何日も二つの顔が私の脳裏に去来して離れなかった。

堂島君のあのときの衝撃、次いでの喪失感は、マーティンのそれと酷似していたに相違ない。その傷心はもう癒えたのだろうか？　少なくとも外見からは、そんな影は微塵も窺わせないが、惚れていたとはっきり明言した水沢礼子を、そう簡単には忘れられないはずだ。機会があればそれとなく探りを入れてみたいが、その前に水沢礼子のその後の消息を知りたかった。今はどこにいて、何をしているのだろう？　最愛の恋人を失ってからまだ漸く半年経つか経たぬかだ。傷心の日々を送っているには違いないが、来年は卒業のはずだ。卒業論文も書かなければならないから、そうそう悲嘆に暮れてばかりもおられないだろう。月尾が病魔に冒されることがなかったら、二人は遠からず結婚したに違いない。とはいえ月尾はまだ学生の身だったから、水沢礼子の卒業と同時にその日を迎えるつもりではなかっただろう。と、すれば、彼女は花嫁修業に出るか、一旦就職して月尾が医師のライセンスを取るのを待つ予定だったはずだ。しかし、月尾がいなくなった今、前者の選択肢はなくなったとみなすべきで、残るは就職しかない。

（そうだ、彼女は英語が得意で通訳者を目指しているんだった！）

突如、記憶が蘇り、病魔が忍び寄っている気配など全く見られなかった月尾の絶頂期に、水沢礼子をスクープした写真週刊誌の記事が思い出された。

しかし、と私は考え直した。自分が端《はな》から英語が苦手だったから格別そう思うのだろうが、通訳者などは気の遠くなるような存在だ。うちのような弱小球団にも高年俸の外人選手が一人二人いるから専属の通訳を付けているが、聞いてみると、外大を出て、更に語学留学でネイティブの英語に二、三年接してきた経歴を持っている。近年のグローバル化に伴って、彼らの需要は大きくなってきている。プロ野球ばかりではなく、サッカーやテニス、マラソンレースなどにも外国からの参加者は多く、彼らの優勝インタビューは大概英語でなされるからだ。

もちろん、通訳が必要なのはスポーツに限ったことではない。国際会議に出席する政治家にはまず通訳者が随行する。一対一の首脳会談では双方の通訳者がピタリと寄り添っているのをテレビでよく見かける。

「そうだ、水沢礼子にはそんな桧舞台が似合っているかも……！」

日本人離れした彼女の目鼻立ちを思い浮かべて私はそう思った。

日の暮れた東大グラウンドで遠目に見かけた水沢礼子は、楚々として控えめな女性に思われたが、東大病院で月尾の病状を説明してくれた彼女は、涙を見せものの、てきぱきとしてしっかりした気性の持主を思わせた。更に、月尾の臨終の場で彼女が見せた――無論、故意にではなく、ごく自然な衝動に駆られてのものに相違なかったが――パフォーマンスは、しっかりどころか、勝気な性格をもろに現したもので、うっかり近寄ればやけどしかねない熱い情念の持主と思わせるものだった。

（九）

「中島さんはいい家庭をお持ちですね」

我々家族との写真を撮り終えてから、若い女性達にせがまれるままその輪に入っていた堂島は、漸くそこから抜け出して来ると、私に近付いて耳もとにこう囁いた。

「そうかな。ま、平々凡々たる庶民の家庭だよ」

少し離れたところで妻と息子達がうっとりとした目つきで堂島を見すえている。彼らにとってはアイドルとも言うべきスター選手と差しで会話を交わしている私にも眩しそうな視線を向けている。いくらか誇らし気な気分に浸りながら、堂島を長く引き止めてはいけない、監督やコーチらがやっかむだろう、と、私はネット裏で選手達の一挙手一投足を追っている彼らに目をやった。

果たせるかな、私とほぼ同年配のコーチがしきりにこちらへちらちら流し目をくれている。明るい目ではない。訝し気な目つきだ。就任して二年連続で最下位に終わったということで、リーディングヒッターにまでなったことのある選手上がりの監督は辞任、彼が引っ張ってきた二人のコーチも去就を共にした。

王、長嶋など抜群の実績と知名度を誇る監督は、常勝軍団の宿命を帯びながら、チームが不本意な成績に終わっても即首をすげ代えられることはないが、彼ら程の実績と知名度に欠け、ましてや下位に低迷する弱小チームの監督は哀れなもので、一、二年でお払い箱になるのが関の山だ。

新監督に抜擢されたのは、ファームの監督を務めていたYで、ドラフト会議で堂島を引き当てたのもこの人だ。堂島のO球団入団が発表された日、Yは満面の笑みでマスメディアの取材にこう答えた。

「ゼネラルマネージャーや私ら球団幹部の三顧の礼を尽してのお百度参りで、堂島君は我がチームの熱意と渇望を感じ取ってくれた」

このコメントをテレビや新聞で見聞した息子達は、異口同音に反論してくれた。

「本当は違うのにね。堂島選手はお父さんがいたからO球団に来たのにね。だっていの一番にお父さんに入団すると電話をくれたんだもね」

私は頷きもしなかったが、いい息子達だと思った。せめてもの慰めは、堂島が手放しで喜び顔を綻ばせている監督にお追従めいたことは一言も言わず、他の一位指名のルーキーのように大口も叩かず、

「O球団に入ってほしいというのがライバルで親友でもあった月尾君の遺言だったので」

とコメントしたに留まったことだ。

「じれったいなあ。もう一言言い添えてくれたらいいのに！」

テレビを見ていた次男が大人びた舌打ちをした。

「堂島選手はお父さんがいたからO球団に入ったんでしょ？　何故そう言ってくれないのかなあ」

「そうだそうだ」

と長男も相槌を打った。

「そんなことは言いたくても言えないだろうよ」

私は胸に熱いものを覚えながら返した。

「スカウトマンはあくまで裏方だからね。フロントや監督をさしおいて表舞台には現れない方がいいんだよ」

「ふーん」

二人は納得がいかないという顔で頬をふくらませた。

だが、堂島のコメントに敏感に反応した人物がいた。堂島の入団発表からさして日が経たないある日、思いもかけずその人物から私は面会を求められた。袋綴じのヌード写真を売り物にしている週刊誌の記者と知ってあまり気乗りはしなかったが、自分は専らスポーツ関連のトピックスを集めて記事にしているフリーライターだと言うので、それならと求めに応じた。

会ってみると、三十代後半かと思われる、明るい目をした男で、第一印象は悪くなかった。

「堂島のこのコメントですが……」

と、佐藤と名乗るそのライターはスポーツ新聞を取り出し、堂島の「月尾君云々」の記事を示して切り出した。

「月尾は残念ながらもう故人で本人に確認のしようがないので、堂島君に取材したところ、中島さんのお名前が出てきました。中島さんは月尾君と血縁関係でもおありなのでしょうか?」

　私は苦笑した。

「月尾君のような超一級の英才と、私みたいな平々凡々たる人間が血のつながりがあると思ってくれただけでも光栄だが、生憎、一滴の血もつながっていないよ」

　今度は佐藤の方が苦笑した。

「そうですか。では何故月尾は堂島に、中島さんがいるからO球団へ行けと言ったんでしょうね?　血縁はないが師弟関係でもあったんだろうかと、疑問に駆られて中島さんの経歴も調べさせてもらいました」

「おやおや、それはまた大層なことを!」

「小学校か中学で中島さんは月尾の担任だったとか、そういうことならまだしも納得できるが、と思ったものですから」

「それもまた光栄だが、僕は教職についたことなんかないよ。僕自身、高卒のルーキーとしてプロ球界に入ったんだから」

「ええ、そのご経歴も知りました。つまり、月尾と中島さんは、月尾に多大な影響力を及ぼすような接点はない、O球団のスカウトマンとして月尾にアプローチしただけだと」

「その通り。ただそれだけの付き合いだったよ。しかし、アプローチしたと言ってもね、東大医学部に進むような英才がプロ野球選手になるなんて考えられないから、指をくわえて遠くから眺めていただけだがね」

佐藤はまた苦笑気味に首を傾げた。

「じゃ、元へ戻りますが、何故月尾は堂島に中島さんのいるO球団へ行けとそれ程熱心に勧めたんでしょうか？」

「堂島君には、聞かなかったの？」

「聞きました」

「聞いた？　じゃ、僕が答えるまでもないんじゃないかい？」

「それはそうですが……少し腑に落ちないものですから」

「腑に落ちない……？」

佐藤は瞬きを一つ二つしてから私を見据えた。

「堂島はこう言ったんです。月尾君は中島さんの人柄に惹かれていたんだって」

胸に熱いものがこみ上げるのを覚えた。私は感動のあまりしばし沈黙し、唇をかみしめたが、佐藤はかまわず続けた。

「堂島は、自分がO球団に入ると決めたのも、それが月尾の遺言と受け止めたこともあるが、中島さんが誰よりも喜んでくれるだろうと思ったからだって、そう言いました」

胸の熱いものは目頭に駆け昇り、私はたまらず落涙した。佐藤は見て見ぬ振りをした。

「僕は密かに〝やったァー〟って思いました。だって、普通は、人気チームで、契約条件もいい、監督や首脳陣が三顧の礼で迎えてくれるから入団を決めるじゃないですか。意中の球団でなければクジを当てられても拒絶し、浪人をしてでもネクストチャンスにかける、という選手もいるくらいですから、堂島の去就が一向に分からなかった時、僕は、彼もそういう道を行くか、一旦ノンプロに入るのではないかと思っていました。まかり間違ってもO球団には行かないだろうと」

私は頬に伝った涙をハンカチで拭ってから、やっと佐藤に目を戻した。

「うちのような万年最下位のチームに堂島のような大物が来るはずはないって？」

「ええ、失礼ながら……」

「いいさ、僕もまあそう思っていたから。それが何故〝やったァ〟なんだい？」

佐藤は相好を崩した。

「これは、ありきたりでない、いい記事になると思ったんです。世の中には、エリート好みの人間がいる、いや、そういう人間の方が多いだろうけれど、そうではない、判官びいきの人達も少なからずいるはずで、月尾、堂島、そして中島さんの話は、そういう人達の胸を打つに違いないって思ったんです」

佐藤は並みの記者ではない、正義感の強い人間で、ハートを持った男だと私は思った。自分が納得する記事を書くためにフリーライターの道を選んだのだろうと。つまりはアウトサイダーで、私と同様冴えない人生を送るかも知れないが、時にはヒットを飛ばして喜悦に浸ることもあるだろう。今回の私のように。

私は改めて佐藤を上から下まで見直した。髪は短か目で清潔感はあるが、身につけているものはどう見ても安もので、若者に人気のあるユニクロあたりで購入したものに思われた。

「話は分かったが、佐藤さん」

私は彼の顔に視線を戻した。

「僕が表舞台に出るのは、ちょっとまずいと思うよ」

「えっ、何故ですか?」

佐藤はまた腑に落ちないといった顔をした。

「堂島君がスポットライトを浴びるのは当然至極だが、僕のような一介のスカウトマン、しかも無名の人間が、堂島君のようなスターと並んで取り沙汰されるのは、球団のお歴々としては面白くないだろうからね」

「そんなことないじゃないですか」

佐藤は瞬時間を置いてから言った。かなりきつい調子に驚かされた。

「彼らに思い知らせたいんです。名誉や地位、金が人を動かすんじゃない、誠意というか、真心というか、本当にその人を思う気持、つまり、中島さんが持ってらしたそういう持ち前の人徳が、心ある人間を動かすんだってことを」

「でも、大方は名誉や地位、金で人は動くんだよ」

「分かってます」

佐藤は怒ったように切り返した。

「たまたま月尾や堂島はそういう人間ではなかったから、中島さんの人柄に触れてこの人の為ならと思ったんですよ」

佐藤の口調は益々熱を帯びてきた。彼の意気込みにブレーキをかけることは至難のわざだ。

「どうしても書きたいなら」

私は妥協案を思いついた。

「月尾君や堂島君はどうしようもないだろうが、せめて僕の本名を出さず、たとえばNとか、イニシャルだけに留めてもらえないだろうか？」

佐藤はまた一瞬「えっ？」というような顔をしたが、すぐに苦笑に変わった。

「同じことですよ」

「え？　何が……？」

「O球団のスカウトNさんと書けば即中島さんと知れますでしょ？」

「じゃ、イニシャルをNとしなければいいかな？　名前の勇のイニシャルでIさんとかにすれば分からないだろう。スカウトマンは他にも何人かいるんだから」

「何人くらいいるんですか？」

「まあ十人近くいるよ」

「え？　そんなに？」

「二、三人で全国津々浦々を飛び回ることは出来ないからね。日本を十ブロックくらいに分けて担当者を配しているんだ。君の申し出に感謝はしながら、もうひとつおいそれと応じられない理由はそれだけ仲間がいることかな。他のスカウトマン連中の妬みを買いかねないからね」

佐藤は目を瞬いて上体を乗り出した。

「そこはもっとクールに割り切られたらいいんじゃないですか」

「うん……？」

佐藤が乗り出した分、私は上体を引いた。

「中島さんを記事に取り上げたら妬ましく思う同僚がいるかも知れませんが、逆に、発奮材料にもなるんじゃないですか」

「そうかな」

「だって、さっき中島さんも言われた通り、スカウトマンは裏方で普段は表舞台に現れない存在でしょ？」

「うん……」

「でも、中島さんを取り上げたら、スカウトマンがプロ野球の土台を支えているんだということを世間の人は認識し直すし、中島さんの同僚や他球団のスカウトマンも自分達の仕事に誇りを持つようになると思うんです」

「うーん……」

佐藤の食い下がりに、結局私は屈した。スカウトマンの中で私が若輩に属するならば他の連中に気兼ねするが、幸か不幸か、私は上から二番目の年配者だ。最高齢者はスカウトマン編成部長の肩書きを持った私より五、六歳年長の桜田という男で、かつての私と同じ甲子園球児、強肩好打の捕手として期待されドラフトの二位か三位かに指名されてO球団に入ったが、二、三年で肩をこわしてファーム落ちし、再起ならぬまま引退に追い込まれた経歴の持主だ。

「もう体力が持たん。そろそろ引き際だよ。せいぜいあと一年だな」

ドラフト後、スカウトマンだけの慰労会の席で彼はこう言った。赤心の吐露だろうと私は頷いた。何せ、桧舞台の甲子園はもとより、そこに至るまでの地方大会の予選、更には大学のリーグ戦、ノンプロの試合等、年間を通して我々スカウトマンが見る試合は二百に及ぶ。ただのほほんと見ていればいいというものではない。出場選手一人一人の記録を細大漏らさず取らなければならない。一日に一試合とは限らない。地方大会の予選などは各地で何試合も行われる。球場から球場へと炎天下を渡り歩き、スタンドの固い椅子に座ったまま選手達の一挙手一投足に目を凝らさなければならない。実際、熱中症にかかって体調を崩す者も少なくなかったし、この先輩も今夏は数日間寝込んだという。

私が気兼ねするとしたら年長の彼だけだが、もう引退を匂わせているほどなので私をやっかむことはないだろう。堂島の入団が決まった時、

「堂島に執心した甲斐があったな」

と、彼は私の肩をポンと叩いてくれたのだ。

私は佐藤の取材のことを彼に相談した。

「いいじゃないか。イニシャルなんかじゃなく、実名で出してもらえよ。プロ野球を支えているのは金の卵を血眼になって捜し発掘している我々スカウトマンだということを世間に知ってもらう絶好の機会じゃないか」

この一言がダメ押しになった。但し——と私は佐藤に注文をつけた。スカウトマンがどういう経歴の持主に多く、具体的にどんなことをしているのか、その実態を主に書いて欲しい、堂島の人柄を偲ばせる折々の私との会話については話すが、かつて他の週刊誌がスクープした、月尾とその恋人水沢礼子に絡む堂島の失恋沙汰云々については触れないで欲しい、あそこに書きたてられたことの真偽は自分には分からないから、と。

「彼女はその後どうしているのでしょう？　堂島との接触はないのでしょうか？」

分かりましたと言いながら、佐藤はこんな探りを入れてきた。

「分からない」

私は素っ気なく返した。

「堂島君に尋ねたこともないし、彼女の消息も知りようがないから」

「そうですか」

佐藤は残念そうな口ぶりで返した。

（十）

そのインタビュー記事は、佐藤の改めての取材に応じた翌週、実名と私の写真入りで載った。事前に記事のゲラ刷りを見せてくれよとの約束も彼は守ってくれた。もっとも、

「お見せしますが、余程の誤りがない限り、訂正は最小限にして下さいね」

と交換条件を出された。

記事は四ページにわたっていたが、概ね無難とみなされた。たまたまO球団がドラフト会議で堂島との交渉権を引き当てたらためらわず行ったらいい、中島さんがどんなに喜んでくれるか知れないから、と生前に月尾が言っていたことを思い返して自分は最後の逡巡を断ち切った云々の堂島のコメントにさし掛かった時、私はまた落涙した。忘れもしない月尾の凛凛しい顔、高校、大学時代の華麗な投球フォームの写真まで添えられており、それもまた涙を誘った。

真っ先に喜んでくれたのは次男だった。

「堂島選手は本当に人間味のある人だね」

と、こましゃくれた口をきいて嬉しがらせた。妻も笑った。名古屋大学にいる長男からも「読んだよ、堂島選手は本当にいい人だね」と電話を寄越した。

が、翌日、私はGMに呼び出された。

「この記事は、お前が売り込んだのか?」

仏頂面に皮肉な笑いを混じえた顔で、週刊誌をポンと私の目の前に投げ出しながらGMは言った。〝お前〟呼ばわりされるほど私は年下ではない。ほんの二つ三つ違うだけだ。

「とんでもないっ!」

私はむっとして返した。

「私をそんな人間だと思ってるんですか?」

「あん?　いや、そういう訳じゃないが……」

私の剣幕にGMはしどろもどろになったが、居丈高な物腰は変わらない。

「監督は知っていたのか?」

「さあ、それはどうだか……」

不覚にも、今度は私の方がしどろもどろになった。

「フン、監督にも俺にも通さず、独断で取材を受けたって訳だな?」

(何が問題なのだ!?)

と私は開き直りたい気持だった。上層部の名誉が傷つくような件《くだり》は記事の中に一言もなかったはずだ。彼らのプライドが傷つくような書き方はご法度だよと、その点はきつく佐藤に念を押していた。堂島の獲得が、私だけの手柄であるかのように書きたてないで欲しい、と。心得てますと佐藤は答えてくれたが、送られてきたゲラを一瞥、記事を読むより先に私は血の気が引くのを覚えた。

「堂島の０球団入団の真の立役者はこの男だ!」

と、三〇ポイントもあろうかと思われるゴシック体の活字が踊っていたからである。血の気が引くと同時に心臓が鼓動を打ち始めたが、とにかく私は本文を読み進んだ。

よく書けていると思った。見出しから懸念されたような——即ち、私を何か英雄に祭り上げるような——内容ではなかった。私の、大して自慢にならぬ履歴、スカウトマンの日常はいかなるものか、一般の人が想像するような気楽なものではなく、肉体労働に近いものであるという現実が淡々と綴られていたし、堂島が０球団に入る決意を最初に私に告げたのは、ひとえに月尾への供養のつもりだったと、これは直接堂島に取材して聞き取ったものだとの記述もあった。何故私に先に告げることが月尾への何よりの供養になるかも書かれてあった。病に倒れた月尾を見舞った時、私が彼の痩せ細った手を握りしめて、思わず涙したのを見て、月尾は堂島に、もしプロの道に進むなら私中島のいるO球団が交渉権を引き当てて欲しいと漏らしていたからだと、これも、美辞麗句を配さない抑制の利いた文章でつづられていた。その件に差し掛かった時、病室にいた月尾のあまりに変わり果てた姿が蘇ってまた涙した。泣かせるだけの佐藤の文章の妙に脱帽し、取材を受け入れてよかった、と思った。

しかし、引っ掛かったのは見出しの「真の立役者」の文言だった。これでは再三堂島のもとに足を運び、三顧の礼を尽くして入団を求めたフロントや監督の面目が丸潰れではないかと思ったのだ。

「〝真の〟はまずいよ。〝陰の〟に直してくれないか」

私のクレームに、電話の向こうで佐藤は、「うーん……」と唸った。

「〝陰の〟ではインパクトに欠けるような気がするんですよね」

私は引かなかった。〝真の〟にするならこの記事は認められない、没にしてくれ、と迫った。佐藤は折れた。

そこまで気を遣ったつもりだったから、GMに呼び出され、いきなり言い掛かりめいたことを言われて私は頭に来た。

「私の直接の上司は桜田部長ですから、まず彼に伝えました。部長が判断に窮したら監督なりフロントに相談するだろうと思ったのです」

「ふん、じゃ、桜田の一存でOKを出したんだな？」

「桜田さんからは何も……？」

「なかったよ」

GMは素っ気なく返した。

「私は桜田部長を差し置いて自分が取材を受けるなど僭越至極と思いました。でも部長は、お耳に達しているかどうか、俺はもうそろそろ年貢の納め時だと思っているから晴れがましい舞台に立たなくていい、まだ現役ばりばりのお前が俺達スカウトマンの実態を世に訴えてくれたらいい、と言ってくれました」

「ふん……」

GMはまだ渋面のまま鼻を鳴らしたが、それ以上厭味なことは言わなかった。

実を言えば、私が取材を受けることを監督やフロントに報告しておいた方がいいんじゃないでしょうか、と一度だけ部長にお伺いを立てたことがある。

「その必要はないだろう」

と、その時も桜田さんは一蹴した。

「もし駄目だと言われたら、俺達の哀歓を世間に知ってもらう千載一遇のチャンスをみすみす逃すことになる。上から何か言われたら俺が責任を取るから受けて来いよ」

私は彼の男気に胸を打たれ、佐藤の取材を受ける決意をしたのだった。

桜田さんはこうも言ったのだ。

「監督だって一介の雇われの身で、成績が振るわなかったらシーズン途中で首をすげかえられることもある。しかし、俺達と違って、監督に就任したらマスコミから何やかや取材を申し込まれる。全く意表を突く起用だったら、生いたちに始まって、経歴、抱負等、色々聞かれるだろう。そんなインタビューを受ける際、監督はいちいちフロントにこれこれから取材の申し込みがありましたがどうしましょう、なんてお伺いを立てやしない。自分の一存で、チームと自分の宣伝になればと思えば受けるし、時宜に適さずと思えば断るだろう」

桜田さんのこの念押しにも意を強くさせられて私は取材に臨んだのである。

GMの茶々には不愉快なものを覚えたが、他にクレームが入ったりすることはなかった。桜

田さんは、
「よかったよ。いい記事だったよ」
と、すぐに電話を寄越してくれたし、年下のスカウトマン連中も何人か似たような感想を寄せてくれた。せいぜい週に一度くらいしか書かない私のブログでも〝いいね〟が珍しく三桁に昇り、名も知らぬ、大方はペンネームの読者からのコメントも多数寄せられた。スカウトマンの仕事がどんなものかよく分かった、と書いてくれたものも少なくなかったが、ほとんどは堂島に対する期待と、堂島の人間性を知ってますますファンになったというコメントだった。〝いいね〟もコメントもこんなに寄せられたことはなかったから、私は改めて堂島の人気を思い知らされた。コメントはプリントアウトして桜田さんに見てもらったし、佐藤にも送った。

明けて二月の下旬、待ちに待ったオープン戦が始まった。高校野球の地方大会も始まっていたから、堂島に次ぐ金の卵を物色すべく、専らそちらに足を向ける日々だったが、暇を見つけて出来る限り堂島の出る試合を見に行った。子供達を伴うこともあった。

キャンプ地でも、監督やコーチが見すえる中、フリーバッティングで堂島はポンポンと大飛球を飛ばし、十本中二、三本は白球が場外に消えて彼らの度肝を抜いていたが、オープン戦でも好調な打撃振りを見せた。前半の十試合で打率三割、ホームランを三本かっ飛ばし、鳴り物入りで入団した新人の中でもひときわ目立った。

堂島の天王寺学園の後輩で高卒のルーキーとしてパリーグのF球団に入団した早田はその点気の毒だった。開幕投手と目される各球団のエース級のピッチャーの前にキリキリ舞いし、三振の山を築いて、一軍入りは絶望視されていた。

堂島と共に一軍入り間違いなしとの評価を得たのが月尾二世とかくの評判を得てプロ入りし、我がO球団の目の上のたんこぶ、昨季は開幕から数ヵ月最下位に低迷していたのがいつの間にか七連勝、十連勝を果たしてうちを追い抜き、更にすいすいと上位に食い込んでクライマックスシリーズにも臨んだC球団が獲得した愛知は享栄高校出身の河合だった。月尾が持ち味としていた鋭く内角をえぐるシュートを河合も得意としていた。他に、ストライクゾーンから外角に大きく流れ落ちていくカーブも隠し球に持っていた。甲子園での対戦でもそうだったが、オープン戦でも早田は河合の球を打ちあぐね、四球を一つ選んだに留まっていた。

マスコミが煽り、ファンが待ち望んだのは、堂島と河合の対決だった。オープン戦でそれが見られるものと、両チームの対戦日には、本番のシリーズかと見紛うばかりの観客が詰めかけた。私もその一人だったが、多分二人の対決は見られまいと思っていた。堂島が河合をめった打ちにしたり、逆に河合が堂島を牛耳ったら、双方のダメージのみか、ファンをがっかりさせることになる、開幕前にそんな修羅場は見たくないと、両チームの監督はそれぞれに思惑し、両者の対決は本番までお預けにするだろう、と。

そんなことはない、両チームの対戦は四、五回はあるし、一回くらい対決させると思う、三月の後半は春休みにも指しかかるから連れて行ってよ、ひょっとして二人の対決を見れるかもしれないからと、次男はオープン戦日程を記した新聞の切り抜きを私に差し出して言った。

息子の予感が当たった。三月二十五日、オープン戦の最終日は、期せずして私の満五十二歳の誕生日だったが、両チームの対戦が名古屋の球場で行われ、河合は地元ファンにお披露目という監督の配慮からか、先発でマウンドに立った。

どことなく月尾を髣髴とさせる河合には私も注目していた。堂島との対決を一度くらいは本番前に見たいと思っていたから、選抜高校野球の観戦とデータ取りで甲子園に通いつめていたが、その日ばかりは休んで、家内と次男を伴い、三人分の毛布と枕を車に積み込むと、名古屋に赴いた。チケットは、名古屋大学の、今年最終学年を迎える長男が取っておいてくれた。

名神高速の車の中でも次男ははしゃいでいた。

「堂島が河合からホームランをかっ飛ばしたら、お父さんへの何よりのバースデープレゼントになるよね」

　私は苦笑した。

「河合はせいぜい投げて五、六回だろうから、堂島とぶつかるのは二回くらいかな。ま、ヒット一本、三振一つで、痛み分け、というのがいいな」

「そんなの面白くないよ」

　坊主は口を尖らせた。

「ホームラン一本、ヒット一本で二打席二安打。そうこなきゃ、お父さんのバースデープレゼントにならないでしょ?」

「それはちょっと欲張り過ぎじゃない?」

　さっきまでうとうとと眠っているのがバックミラーに捉えられていた妻が、いつの間にか目を覚まして身を乗り出していた。

「お父さんは河合も好きみたいだから、河合にも花を持たせてあげなきゃ。ね?」

　同意を求めるように妻の目がこちらに向けられたことに気付いて、「うん」と私は頷いた。

　堂島は後半も好調な打撃を維持し、通算三割一分、ホームランは五本飛ばしていた。河合も四回登板し、毎試合五、六回投げて三勝を挙げ、敗戦はなかった。失点は僅かに三、毎回平均三振一個を奪っていた。

（まさに月尾二世だ！）

しなやかな投球フォーム、童顔だが目鼻立ちのはっきりした愛くるしい顔立ちは、スターのオーラを放っていて魅力的だった。我がチームは貧打が最大の弱点だから堂島を一位指名したが、さもなければ、フロントは河合を一位指名したかも知れないと、これはドラフト直前のわれわれスカウトマンの一致した見方だった。

「ウーン、どっちがどうだったかなあ」

たまたま高校野球の地方大会予選で桜田さんにバッタリ出くわし、話題がオープン戦、ひいては堂島、河合の活躍に及んだ時、彼はしみじみとした口吻で言った。

「どっちがどうだったかとは？」

「堂島を取った方がよかったか、河合を一位指名しておいた方がよかったか、だよ。君は堂島を推していたが、俺は河合を推したよね。結局フロントは君の意見に傾いたんだが……」

「高卒と大卒の違いでしたかね。高卒のルーキーが即戦力になることはなかなかないですから」

「まあな。それにうまくクジを引き当てられたかどうか分からないし、引き当てたとしても、河合がうちに来てくれたかどうか……。俺は君のような人徳はないからな。桜田さんがいるから〇球団に行きます、とは言ってくれなかっただろうしな」

「そんなことはないですよ。河合君も大学に進むかどうか迷っていたのを、桜田さんはプロに来いと強く勧めたんでしょ？」

「いやいや、それは俺だけじゃない、よそのチーム、特に地元C球団のスカウトマン連中も熱心に口説いたようだからね。むしろ彼らのお手柄だろう」

年を重ねて桜田さんは丸くなった。若い頃は結構自慢話を聞かされ、お前はもうひとつ押しが足りないんだよ、綺麗事など言っておらず、これはと目星をつけたら、若い癖に打算的で欲の皮が突っ張って少々嫌みな奴だと思っても、お前が懐を痛める訳じゃないんだから、まずはプロに誘い込むことだ、などと発破をかけられたものだ。人間性、清潔感を僕は重んじたいんですよと言い返すと、甘い甘い、まずは腕だ腕、パワー、実力だよ、少々生意気でも、礼儀作法がなっていなくても、そんなのは入団してから叩き直せばいいんだ、どっちみち、順風満帆に行くはずがない、壁にぶち当たって自ずと謙虚になるさ、と桜田さんからは二倍も三倍も言葉が返って来た。

しかし、彼がこれはと目をつけてプロに誘い込んだ人間が、一人二人、早々にコーチや監督にたてついて物議をかもしたり、女性問題を起こしたり、麻薬に手を出したり、週刊誌を賑わ

せたこともあって、いつだったたか、

「やっぱり、人間、思い上がった、中身の薄っぺらな奴は駄目だな」

と述懐したものだ。

（十一）

名古屋は道路が広くて走りやすい。一旦長男の住むマンションに寄って荷物を置き、長男を乗せてナゴヤドームに向かった。

球場の駐車場は満車で入れないだろうし、帰りにそこを出るのも大変だろうと思われたから、球場まで歩いて十五分程の所にある駐車場に車を置いた。

五分も歩いたところで、球場に向かうおびただしい人の群が視野を占めた。開始二時間前だと言うのに。

「凄い人だなあ。まるで本番並みだな」

以前同級生と球場に来たことがあると言う長男が感嘆の声を挙げた。

「そりゃそうさ、河合と堂島の初めての対決が見られるんだもん」

次男が訳知り顔に言った。

実際、その通りだ。人の群に混じった時、人々の口を衝いて出るのは堂島と河合の名前ばかりだ。

「俺は河合に賭けるよ。二打席凡打か三振で堂島の負け」

「堂島は選球眼もいいからね。簡単に三振など食わないよ。二打席なら一本はホームランか、最低でもヒット一本」

男達はオッズに夢中だ。彼らの興奮はこちらにも伝ってきて、私もそこに加わりたい衝動に駆られた。

球場に着いて驚いた。当日券売り場の前に長蛇の列が出来ている。小、中学生、さては次男と似た年恰好で野球帽をかぶった高校生らしき若者の姿も数多くみられる。私らのチケットは長男があらかじめ市内のプレイガイドで手に入れておいてくれたから並ばなくてよかったものの、この盛況振りは想像を絶するものがあった。

小春日和の陽気とあいまって、スタンドはむんむんたる熱気に包まれている。

予告通り河合がマウンドに立った。在りし日の月尾逸人を思い出して、胸にこみ上げるものがあった。一度でいいから、月尾をこのマウンドに立たせたかった。

河合が一球を投じる毎にどよめきと歓声が起こる。どよめきはボールに対して、歓声は審判の右手が上がった時に。

明らかに河合は緊張していた。制球が定まらず、どよめきが歓声を上回る。

トップバッターは小兵ながら俊足好打で〝いぶし銀〟のニックネームを奉られている林田だ。選球眼も抜群で、昨シリーズは最多四球を選んでいる。

難なく一塁に出た。大きなどよめき。私の周りでは歓声が起こった。

（月尾ならどうだったろう……？）

またしても夭折した若者を思い出して私は自問した。

（この大観衆の前でも上がることなく、クールに三振か凡打に打ち取ったのではないか……？）

二番バッター小幡も曲者で鳴らす男だ。あっさりバントを決め、早くも得点圏にランナーを進めた。カウントを狙ったと思われる緩いカーブを一塁側に転がされた河合は、ボールの処理を誤って二、三度お手玉し、危うくファンブルするところだったが、辛うじて落とさず投球、ギリギリ間に合った。

ファーストの選手が河合に駆け寄ってボールを手渡してからポンポンと彼の肩を叩き、次いで指を一本立てた。一つアウトを取ったから落ち着けと言ったのだろう。河合はコクコクと頷いてマウンドに戻った。

大歓声が起こった。ネクストサークルから堂島がバッターボックスにゆっくりと歩み寄ってきた。高校出のルーキーと違う、しっかりと出来上がった体は充分に見栄えがする。

いきなり三番に抜擢だ。ファンサービスの思わくもあってのことだろう。もっとも、ここまでのオープン戦の成績で三割を超えているのはチームで堂島だけだから、当然の打順と言えるかも知れない。

「打ってよー！」

「ホームラン！　ホームラン！」

金切り声にも似た黄色い声が耳をつんざく。片やC球団のスタンドからは、

「河合さーん、三振取ってー！」

「落ち着いて！　落ち着いて！」

と、似たような黄色い声が飛んで来る。

一球目、河合は意表を突く緩いカーブを投じた。堂島の肩先からストライクゾーン、更に外

角へ落ちていくボールだ。

堂島は一瞬後にのけぞったが、立てたバットは泳がなかった。ボールを見極めたのだ。

二球目はがらりと変わって、内角に食い込むシュートだ。堂島のバットが一旋した。歓声は瞬時にして悲鳴に変わった。快音が発せられるものとの期待は裏切られた。バットは虚しく空を切り、堂島の体も半回転したからだ。

（月尾のシュートだ！）

私が胸に感嘆の声を落とすと同時に、C球団側のスタンドからはドッと大歓声が挙がった。

三球目はど真中の直球。掲示板に一四五㎞と球速が表示された。堂島は見送った。並みの選手ならバットを回しただろう。審判の手は挙がらない。ボール一つストライクゾーンを外れていたのだ。

「選球眼がいいねえ」

次男はいっぱしの評論家気取りだ。

「うん、四球で出る確率も彼は高かったからね」

東京六大学リーグ戦時代のデータを思い起こして私は返した。

「でも四球はつまらないな、打ってほしいよ」

次男の言葉が耳に届いたかのように、堂島のバットが一旋、快音を残してボールはレフト際ポールをめがけて高く飛んだ。河合がマウンドにしゃがみ込んでボールを目で追っている。観客の幾万の目が注がれる中、白球はポールの左に逸《そ》れて外野スタンドに落ちていった。既に一塁ベースを回りかけていた堂島は、河合が立ち上がってグラブを拳で叩くと同時に足を止めた。

「あー、惜しかったなあ」

立ち上がってボールの行方を追っていた長男と次男が異口同音に舌を鳴らした。

大きなどよめきが尾を引く中を、堂島は苦笑いしながらバッターボックスに引き返した。

「ほんと、惜しかったわね」

妻が言った。私はうんうんと頷いた。

「ツーツーだよ。危ないなあ」

腰を落ちつけたところで次男が言った。

河合は傾いた帽子を被り直すと、ロージンバッグをポンポンとお手玉してからセットポジションに身構えた。

大飛球のファウルに終わった球はシュートだった。内角に食い込んだ分、堂島の体はやや後に引けて窮屈な姿勢でバットを振った。それでボールは左に曲がっていったのだ。ど真ん中の直球だったら、文句なくレフトスタンドに入っていただろう。

(五球目は多分カーブだ)

と私は予測した。フルカウント覚悟で、ストライクと見せかけて外角へ流れ落ちるカーブ、それが勝負球と見た。

が、次の一瞬、私は目を疑った。と同時に、子供達はおろか、妻までが、

「ああ……!」

と大きく顔をのけぞらせて悲鳴を挙げた。

何と、河合は四球目と同じシュートを投じ、見送った堂島に、一瞬の間を置いて、審判の右手が高々と挙がったのだ。

大歓声の中、マウンドでグラブを打ち叩き小躍りする河合。バットをぶら下げて小首を傾げながらダッグアウトに引き揚げる堂島。

落ち着きを取り戻した河合は、四番打者の金井をボテボテの二塁ゴロに仕止めてピンチを切り抜けた。俊足のトップバッター林田だったら内野安打になっただろうが、肥満体でお世辞にも足が速いとは言えない金井は、ファーストのグラブにボールが納まった時、一塁ベースに一

メートル以上残していた。

その裏、C球団は、二本のヒットと四球、更にキャッチャーの二塁送球ミスを絡めて二点を先制した。レフトの守備についた堂島には一球も飛んでこないままで、外野手がボールを取ったのは、キャッチャーの暴投で二塁手の頭を越えて転がって来たセンターだけだった。

O球団の先発ピッチャーは、昨季チームでは最多の十勝を挙げた中堅の前原だったが、負けの方が込んで十四敗、エースとは言い難い成績に終わっている。序盤に失点することが少なくなく、五回までに四、五点取られると、チーム打率二割三分そこそこ、一試合の平均得点が四点に満たない貧打のチームは挽回することが叶わなかった。前原の防御率も四点台の後半に終わっている。

前原は三回にも失点し、一方チームは立ち直った河合を打ちあぐね、無安打のまま、三点ビハインドで四回を迎えた。

先頭の二番バッター小幡が意表を突くセーフティーバントを試み、初回とは逆に三塁側にボールを転がした。河合が横っ飛びに駆け寄ったが、ボールには届かず、サードがダッシュして素手でボールを掴んだ時には、小幡の足はすでに一塁ベースを踏んでいた。内野安打ながら初ヒットだ。

Ｃ球団側のスタンドとは対照的にし－んと静まり返っていたＯ球団側のスタンドが久々に湧いた。堂島が二打席目のバッターボックスに立ったからだ。

「堂島、ホームランを頼むぞ！」

「打てよー！　打ってくれえ！」

歓声は一種悲痛な叫びにも聞こえた。

「ここで一発出れば一点差だもんね」

次男が顔を振り向けた。

「うん、期待しよう」

一方、Ｃ球団側のスタンドからは堂島への野次と河合へのエールの声が巻き起こっている。

「ゼスチャーだけだぞー！」

「今度も三振、三振！」

「河合さーん、三振取ってえ！」

歓声は堂島がバッターボックスに立って二度三度ブルンブルンとバットを振った時に最高潮に達した。

河合は声援に後押しされたかのように、うんうんと自得するように頷くと、セットポジションに構え、一塁ランナーを流し見ながら一球目を投じた。低めを突くスプリットだ。堂島のバットが空を切った。

（あんな球も覚えたのか！）

高校時代にはついぞ見なかった球種だ。私は唸った。

河合は二球目もスプリットを投じた。低めにコントロールされたそれを堂島は「待ってました」とばかりに強振したが、バットはまたもや虚しく空を切った。

「ノーツーだよ。危ないな」

次男が訴えるように私を見た。

「うん……」

「次はカーブだよ、多分」

長男が言った。

「いや、得意のシュートだろう。一塁ランナーは走るからね。カーブでは刺し難い」

「ふーん……」

「それだったら、二塁に送球しやすい高めのボールを投げるんじゃない？」

次男が反対側の隣で言った。

「うーん……なるほど、そうかもな」

一塁に出た小幡は林田と肩を並べる俊足の持主で、昨季は四十盗塁を決め、林田に次いだ。小幡はオールスター戦でも毎試合一盗塁をきめている。この最終戦でも有終の美を飾らんと、盛んに二塁を窺っているが、河合は高卒の新人とは思えない巧みなクイックモーションで小幡を一塁に戻している。

三球目を投じる前に、河合はそのクイックモーション宜しく、素早い小さな動きから一塁に牽制球を投じた。

予測通り、一塁ベースを大きくリードして走る構えを見せていた小幡は慌てて頭から一塁に滑り込み、間一髪タッチアウトを免れた。

（いやはや、大した玉だ！　十五勝は固いかも……）

オープン戦は各チームほぼ二十試合をこなしているが、河合は四試合に先発、毎試合五、六回を投げて三勝を挙げ、他チームのエース級の成績だ。堂島が期待通り打ちまくって貧打の我がＯチームを底上げしてくれない限り、Ｃチームの後塵を拝すどころか、今日のこの試合に象徴されるように負けがかさんでまた最下位に甘んじかねない。ここまでのオープン戦は堂島に触発されたように打線が上向いて、際どい一点差の辛勝が多いながら　何とか五分の成績でＧ、

Ｃ球団に次いでいるのだが。

河合の三球目は次男の予測通りだった。キャッチャーは腰を浮かしてミットを高目に構え、河合はサイン通り直球を投じた。一四八㎞のスピードボールだったが、目の位置の高さのそれを、堂島は難なく見送った。

ここで彼はバッターボックスを外し、また二度三度バットを素振りした。

「一発頼むぞー！」

「スプリットが来るぞー！　振るなよー！」

「最低でもツーベースだぞー！」

容赦ないエールを背に、堂島はバッターボックスに戻り、身構えた。

河合はまたクイックモーションから牽制球を投じ、ロージンバッグをお手玉してからセットポジションについた。

腕が振られた。しなやかに体が躍動した。次の瞬間、大きな歓声と悲鳴が花火のようにドームを突き抜けた。

長男の予測が当たった。投球フォームからは直球と見分けがつかないボールが、堂島の肩先からストライクゾーンぎりぎりキャッチャーのミットに納まった。ボールとみなして見送った堂島は呆気なく三振に倒れた。

後続の二人も凡打と三振に打ち取られた。五回も無得点に押さえた河合は、四勝目の勝利投手の権利を得て悠々とマウンドを降りた。

（十二）

一週間後、ペナントレースが始まった。世間の関心は、当然ながら各球団が一位指名したルーキー達に集まったが、オープン戦で期待に応えたのは、打者では堂島、投手では河合くらいで、他に前評判の高かった二、三の選手の成績は即戦力にはなりそうもないもので、ファームからスタート、様子を見てベンチ入りさせるという監督のコメントが載った。

堂島と河合は共にベンチ入りを果たしたが、堂島に対して、私は一抹の不安を覚えた。オープン戦最後の試合で、河合に二打席連続三振を喫したばかりか、リリーフピッチャーに対した二打席も三振と平凡なレフトフライに終わり、通算のアベレージが三割を切ったからである。

「なに、一打席目のファウルは危うくホームランになりそうな当たりだったじゃないか。河合に全精力を注いだから、後の二打席では余力を欠いたんだよ」

堂島のホームランを見たかったのにがっかりだなと口々に失望を漏らす息子達に私はこう返したが、内心では彼らに同意していた。

杞憂であって欲しい、と思った。

開幕戦で堂島は五番と打順は下がったが、それでもクリーンアップトリオの一角に起用された。しかし、四打席とも無安打、一三振に終わった。対戦相手は昨季の覇者H球団で、開幕投手はエースの西尾、テンポよく七回を二安打無失点に押さえ、早々と一勝を挙げた。

二試合目も堂島は無安打に終わった。四球こそ一つ選んだが、最後の打席は、得点圏にランナーを置きながら三振に倒れ、アウエーでもあったからだろう、Hファンから大ブーイングを浴びせられた。

「堂島、どうしちゃったんだろうね？」

この時間帯になると二階の自分の部屋からリビングに降りて来てNHK〝ニュース9〟のスポーツスポットを私と一緒に見るのが日課の次男がこぼした。

「ま、気楽なオープン戦と緊張を強いられる本番との違いかな。東京六大学で通算八本のホームランを放って鳴り物入りでプロに入った長嶋も、最初の試合は四打席四三振だった」

「へーえ、ピッチャーは誰だったの？」

「うん、ま、相手が相手だったからね。前人未踏の四百勝を挙げた金田正一だ」

「かねだ？　知らないな」

「お前が生まれるずっと前に引退してしまったからね。長嶋さんのようにマスコミに出ること
もうあまりないからな」

「でも四百勝なんて凄いね。絶対破られない記録だよね。イチローの四千本安打みたいな」

「そうだな。金田は十四年連続で二十勝以上挙げたよ。そんな投手はもう出てこないよな」

「球がよっぽど速かったの？」

「さあ。当時は今のように球速がすぐに出るようなスピードガンはなかったからね。でも、
一六〇キロくらいは出ていただろうと言われている」

「一六〇キロ!?　大リーガーだってそれだけ出せる投手は数える程しかいないよね」

息子は目を丸くする。

長男は専らテニスに興じていたが、次男は私の血筋を多少引いたか、子供の頃から野球に夢
中で、中学は無論のこと、高校でも野球部に入っている。公立高で部員は十五、六人、地方大
会でも二回戦まで進めばいい方だから、かつて甲子園球児だった親父には敬意を払ってくれて

いる。ポジションはショート、たまに見に行くが、球さばきはなかなかなものでセンスはよい。俊足巧打のトップバッターだと自負しているが、私が見に行った試合では一本安打を放つのがやっとで、打率は二割五分程度。それでも塁に出れば必ず盗塁を決めていた。

「巧打者と言うからには、三割は無理としても二割八、九分は打たないとな」

私のこの発破に刺激を受けて、暇さえあれば彼は近くのバッティングセンターに出掛けるようになり、私もたまに付き合うが、一四〇キロに設定すると、前に飛ぶのは五回に一回程度で、打撃はからきし駄目だった私とさして変わらない。意気がって一五〇キロに切り換えたりするが、まず前には飛ばずかする程度だ。私は無論空振りの連続である。

「六大学のヒーロー長嶋も、プロのエース級のピッチャーにかかったらひとたまりもない、やっていけるかどうか怪しいものだと取沙汰されたようだが、それでも終わってみれば三割をクリアし、本塁打も三十本近く、確か二十九本だったかな、打って新人王を獲得している」

「へーえ、カネダとはその後どうだったのかな?」

「さあ、それは知らないが、毎回三振ということはなかっただろう」

「そうだよね。三割も打ってるんだもね」

「だからさ、堂島も大丈夫だよ」

「うん、そうだといいね」

だが、H球団との二試合目も堂島は四打席とも無安打に終わった。

一方、河合はD球団戦の二試合目に起用され、オープン戦の我がチームとの最終試合に見られたように立ち上がりこそ制球に苦しんでフォアボールを二つ出し、バント、盗塁で攪乱されて一点を失ったものの、その後は立ち直り、六回百球を投げ切った。味方が五回裏に三点を挙げて逆転し、セットアッパーが七、八回を一点で、クローザーが最終回を零点で抑え、河合にプロ初勝利をもたらした。

スポーツ新聞は言うに及ばず、一般紙のスポーツ欄にも、河合賞賛の大見出しが躍った。堂島への言及はほとんど見られなかった。

春の選抜高校野球も終盤にかかっており、相変わらず私は甲子園に通いつめ、家に帰ればこれはと目星をつけた選手のデータ整理に追われていたが、一方で、堂島のことが気掛りでならなかった。NHKの〝ニュース9〟を見るのが恐かった。

「今日くらいヒットが出てもいいよね」

夕食を終えて自分の部屋に戻り、ひとしきり勉強をしてから十時前になると必ず降りてきて私とテレビを見るのが常の次男が、駆け足でリビングに来て私の横に座りながら開口一番言った。主語を抜いているが、堂島のことを言っているのは暗黙の了解事項だ。

「これまで八打席ノーヒットだから、今日三本打ったって十二打数三安打、三割にならないものね」

息子の二の句に、私もすかさず算盤を弾いた。確かに、やっと二割五分だ。しかし、

「うーん、いきなり三本は無理だろう。せめて二本打ってくれればね」

私は控えめな期待を返した。

「じゃ、うち一本はホームランでないとね」

どこまでも息子の期待は膨む。

だが、またしてもその期待は裏切られた。あわやホームランかと思われる飛球をレフトに放ってスタンドを湧かせたが、球は虚しく左に逸れていった。堂島らしい打球はもう一本、三塁ベース際の痛烈なライナーだったが、横っ飛びに飛んで思いっ切り腕を伸ばしたサードのグラブに捕らえられた。結局この日も堂島は無安打に終わり、チームも三連敗を喫した。

「どうしちゃったんだろうね、この不振は？　十二打席ノーヒットになっちゃったよ。こんなんじゃ、レギュラーを外されるんじゃない？」

息子の嘆きに私も合わせたい思いだったが、口を衝いて出たのは裏腹な言葉だった。

「まあまあ、いい当たりを二本飛ばしていたし、三振もなかったから、調子が出てきたとみなしていいだろう。次のG戦ではきっと打つよ」

「そうかな？　心配だな」

息子はぶつぶついいながら二階に引き揚げていった。

（十三）

一日置いて、昨季H球団に大差をつけられて二位に甘んじ、クライマックスシリーズでC球団にも敗れたG球団との二連戦が始まった。スポンサーG社の傘下Gテレビが放映するので、選抜高校野球が終わって甲子園に足を運ぶこともなくなった私は久々に休みを取り、夜は我がチームとGチームの対戦に目を凝らした。

ところが、Oチームのスターティングオーダーを見て愕然とした。息子の予感通り、堂島の名が消えている。

「ほらね」

隣で箸をつついていた次男が鼻をうごめかして言った。

「さっきちらとベンチに顔は見えたけど、今日はきっと出ないよ」

「折角当たりが出て来たのにな」

私は愚痴った。堂島が出ないんじゃ、半分興は殺がれたようなものだ。

レフトのポジションについていたのは、堂島の起用でセンターにコンバートされていた南原だ。センターには、昨季はほぼレギュラーで起用されたが、堂島の加入で押し出されて外野手としては四番手に甘んじていた上坂がついた。南原の方が上坂より打率が二分程度勝り、ホームラン数でも上回っていたから南原を外す訳にはいかなかったのだ。

ホームグラウンドで張り切っていたせいもあろう、初回に我がチームは先制した。トップの林田が、制球に苦しむ相手投手からファウルで散々粘った末に四球を選んで塁に出ると、クイックモーションに難があると定評の彼の弱点をついて、大きなリードから、数度の牽制球にもめげず、次打者小幡への一球目と同時にスタート、難なく二塁を陥れた。

小幡は手堅く三塁側にバントを決め、林田を三塁へ進めた。

南原がバッターボックスに立った。ぼてぼての内野ゴロか、やや深目の外野フライでも一点は必至だから、それくらいでいい、まかり間違っても堂島のお株を奪うホームランなど打ってくれるな。自軍の一員として、私はこんな不埒な思いを抱きながら南原の一挙手一投足に目を凝らした。

ボールが定まらない。一球目はストライクを取ったが、以後三球続けてボールとなった。キャッチャーがベンチをちらと流し見てから立ち上がった。歩かせ、一、三塁として次の打者でゲッツーを狙う作戦だ。

南原が一塁に向かうと同時にキャッチャーはマウンドに駆け寄った。内野手が全員相次いでピッチャーを囲んだ。

私はひとまず安堵し、四番の金田に期待した。南原は俊足とは言い難く、昨季の盗塁は一桁を数えるのみだから、ゲッツーを恐れての二盗はまず望めない。と、なれば、内野ゴロはまずいから外野に飛ばしてくれることだ。

金田は期待に応えてくれた。深いセンターフライを打ち上げ、三塁走者をホームに帰した。南原は一塁に釘付けにされたが、次打者の五番栗島が右中間に痛烈なライナーを放った。ライトのグラブをかすめてボールは転々と外野フェンスに転がった。南原は懸命に走って頭からホームベースに滑り込み、二点目を得た。打った栗島も果敢に三塁ベースに頭から突っ込んだが、間一髪アウトになった。

幸先よく二点を先取した我がチームだったが、六回に先発の前畑が急に乱調、四球と三連打で、同点とされた。しかし、その裏、先頭打者の林田が四球を選ぶと、二番小幡は絶妙のバントでボールを一塁側に転がし、自らも生きて無死一、二塁となった。

ここで三塁側ベンチが動いた。球数が百球に達していたこともあったからだろう、先発の高野をマウンドから降ろし、セットアッパーの神中を送った。好投しても勝利には結びつかないセットアッパーだが、神中はそれでも昨季四勝を挙げている。五回まではリードされていた味方が、神中に交代したところで逆転、それもクローザーの出番がないか、クローザーに代わってもセーブがつかない四点以上の大差をつけたまま試合が終わるという幸運に再々恵まれたからだ。

神中は、ベンチの起用に応え、三番の南原を浅いレフトフライに、四番の金田は低目低目をついて三振に仕止め、簡単にツーアウトを奪った。ここで今日二本のヒットを放っている栗島を迎え、一塁側スタンドは湧いた。が、神中は勝負しなかった。ベンチの指示でキャッチャーは最初から立ち上がった。栗島コールはブーイングにとって代わった。

「まずいところへ上坂に打順が回って来たな」

私のぼやきに、「えっ……？」とばかり息子が見返った。

「いや、まあ、フォアボールでも選んでくれたらいいが」

「そうだよね、この回無得点だったらちょっとやばいよね」

私の本心には露気付かぬ顔で息子は返した。

上坂は今夜はいわば堂島の代理で出場の機会を与えられている。ここで彼がクリーンヒットでも放って走者を返しチームを勝利に導いたら、堂島の影は薄くなってしまう。明日も上坂が起用され、堂島はベンチを温めることになりかねない。つまり、私の本音は、〇チームには勿論勝って欲しいが、上坂にはヒーローになって欲しくない、というもので、だから上坂はせいぜい地味な四球を選んで三塁走者を返し、打つなら次の打者に打ってもらいたい、と念じたものだ。

上坂は慶応出で満三十歳、六大学時代は巧打者として鳴らし、四年間の平均打率は三割をキープ、ホームランも二、三本打っている。私も注目した選手の一人だが、外野手としては肩にやや難があり、イチローのようにレーザービームの送球をホームベースに投じることは望むべくもなかった。それが彼を一押しに出来なかった最大の理由だが、フロントは、肩はそこそこでいい、何ならファーストに回してもいいからな、何より三割打者というところに魅力があると、ドラフトで一位に指名した。そして、当時の監督が交渉権を引き当てた。一位指名してくれたのはO球団だけだったから、上坂は意気に感じたのだろう、フロントが三顧の礼を尽くすまでもなく、即入団を表明した。

私の目に狂いはなかった。強肩の持主ならベースに釘付けにしたであろう三塁ランナーを、比較的浅いレフトフライでも刺せなかった。キャッチャーまで届かず、疾駆するランナーの背に当てることもしばしばだった。長距離打者ではなかったからホームランは毎年一桁に留まったが、打率は二割八分そこそこを維持してチームでは二、三番を誇っていたから、時に一塁にコンバートされたり、パリーグとの交流戦ではDHに回されて守備から外されることもあったが、ほぼスタメンで起用されていた。それが堂島の加入でいきなりベンチを温めることになったから、上坂の胸中は推して知るべし。同情を禁じ得ないが、堂島に肩入れしている私としては、彼の出番を奪うような上坂の活躍は見たくなかったのだ。

だが、そんな堂島びいきの私の心に天は眉をひそめたのだろうか？

「やったあ！」

と息子が拳を突き上げると同時に、同じように右腕を突き上げた上坂がゆっくりと一塁ベースに走り出していた。

「ホームランだよ！　お父さん！　スリーランだよ！」

私の肩を叩いて息子は顔を振り向けたが、私は彼を正視できず、漠然と液晶画面を見つめていた。

「何？　誰がホームランを打ったの？」

傍らで編み物をしながら見るともなくテレビを見ていた妻までがうわずった声で話しかけたが、私は上の空で言葉を返せなかった。代わりに息子が私の肩越しに妻に答えた。

「上坂だよ。滅多にホームランを打たない選手が打ったんだ！」

これがまさに決勝打となった。九回表にいきなり先頭打者に一発かまされたものの、その後は三人を打ち取ってクローザーは初のセーブを挙げ、上坂と共にお立ち台に立った。

「これじゃ明日も堂島はスタメン落ちだな」

私の冷めた物言いに息子は「えっ？」とばかり振り返り、ややあって、

「あ、そうか……！」

と返した。

「お父さん……」

更に間を置いて、少し思い詰めた顔で息子は言った。

「うん……？」

我ながら冴えない顔をしているだろうなと思いながら、私は息子の目をのぞきこんだ。

「あしたも出なかったら、堂島選手に電話をしてあげたら？　携帯、知ってるんでしょ？」

「ああ、それは知ってるが……」

思いも寄らない発想だった。

「しかし、何て……？」

「だからあ、監督から何か言われてるとか、何故打てないんだとか、色々聞きたいことがあるんじゃない？」

言われてみればその通りだ。離れたところでやきもきしているくらいなら、直に本人の生の声を聞いて、何やかや心配していることが杞憂に過ぎないかどうか確認した方が、こちらの精神衛生上も断然いい。

「そうだな。明日駄目だったら、そうしてみよう」

明日もスタメンを外され、今夜のように上坂が活躍しようものなら、堂島が落ち込むことは間違いない。

「堂島選手、調子が悪いの？」

二階の自室に引き揚げる息子の背を見送ったところで、自分も腰を上げながら妻が言った。

「うん、ちょっと心配だ」

「いわゆるスランプなの？」

妻は背を向けてキッチンに向かいながら続ける。冷蔵庫をあけたからフルーツでも出してくれるのだろう。

「まだ始まったばかりだからね。そこまできめつけられないが……」

「あなたが声を掛けてあげるのもいいけれど……」

果たせるかな、イチゴを皿に盛ってこちらに戻って来ながら妻は言った。

「こんな時励みになるのは、やっぱり女の人じゃない？　堂島さん、いい人はいないのかしら？」

爪楊枝に刺した大粒のイチゴを私の口元に差し出して、彼女は続けた。イチゴで口が塞がって声が出せないまま、大学病院に見舞った時の月尾のげっそりと頬のこけた顔、裏腹に、花が咲いたような水沢礼子の端麗な容姿がフラッシュバックした。次いでその幻影は、ホスピスで臨終を迎えた時の彼女の取り乱した姿に取って代わった。

あれからまだ一年と経っていない。身内にせよ、恋人にせよ、あるいはペットにせよ、人が喪失のショックから立ち直るには最低でも一年は掛かると何かの本で読んだ覚えがある。

週刊誌にスクープされたあの記事は水沢礼子も読んだはずだ。確認はしていないが、堂島の写真が、どこで撮ったのか礼子のそれと共に載っていたからには、記者は堂島にアプローチし、これまた、どこから誰に情報を得たのか知らないが、〝死の接吻〟に触れてアレをどう思ったか堂島に問い質したに相違ない。堂島はまさか、私に告白してくれたように、月尾の恋人に横恋慕していたが、あの〝死の接吻〟で失恋を味わい知った、とまでは記者に言わなかっただろう。しかし、堂島とやりとりするうちに、堂島が密かに水沢礼子に思いを寄せている気配を記者は嗅ぎ取り、憶測を逞しゅうしてあのような記事にでっちあげたに相違ない。その憶測は、たまたま堂島の心中を見抜いたものだったから、堂島は何ら抗議をさし挟めなかったのだ。

見方を変えれば、あの記事によって水沢礼子は自分に対する堂島の思いを否でも知らされたことになる。

（ひょっとしたら、あの記事が堂島の本心を射抜いたものかどうか、彼女は知りたいと思っているのではないだろうか？）

堂島は、彼女が〝死の接吻〟の前に叫んだ「イヤッ！」の一言が頭にこびりついて離れない、自分は完全に彼女に袖にされたとの思いを拭えない、と私に言ったが、それは思い過ごしではないだろうか？　週刊誌のでっち上げか、多少とも堂島の本心を衝いたものだったのか、喪失の衝撃、哀しみがややに和いだ時、水沢礼子はその真偽を知りたいと思い始めたのではないだろうか？　周りも黙ってはいないはずだ。渦中の人、ある意味、天下に恥を曝した当の本人が何も言ってこないことも、正気を取り戻した彼女は怪としているのではないだろうか？

あるいは、〝第三の男〟のヒロインのように、月尾以外の男は彼女の心の片隅も占めることはないのだろうか？

「近々一度、堂島に尋ねてみるよ」

楊枝をさしたイチゴをもうひとつ私の口もとに差し出した妻に、頭の中が整理のつかないまま、私はこう返した。

だが、その約束は果たされないままに終わった。前日の上坂の活躍にもかかわらず、監督は堂島を一日休ませただけでスタメンに戻したからである。しかも、初打席で、それまでのうっ憤を晴らすように、痛烈なホームランをレフトスタンドに叩き込んだからだ。

復活ののろしだった。その日、堂島はホームランを含めて三安打を放つと、以後も、ヒットの出ない日はほとんどなく、打率もじわじわと向上、セパ交流戦が始まる頃には三割近くまで上げた。しかし、中五日のローテートを守り、二ヵ月で八試合に先発登板、早くも六勝を挙げてチームの勝ち頭となっている河合は打ちあぐねた。ホームランはすでに六本放ち、その調子で行けば二十本は固い、打率三割、打点も八、九十点稼げばほぼ新人王間違いなしと目されていたが、河合が順調に勝ち星を重ね、最低でも十五勝、ひょっとして二十勝でも挙げ、奪三振、防御率でもそこそこの成績を残せば、そしてC球団がO球団を上回るどころか、昨季よりも上位の首位か二位に躍進するようなことがあれば、新人王の栄冠は河合の頭上に輝くだろう。まして、対河合の成績が振るわなければなおさらだ。気の早い、何でも先取りの週刊誌が、そんな穿ったことを書き、野球に目のない読者の関心を煽るべく何やかや取り沙汰して騒々しい。

実際、対河合の堂島の成績は、十六打数二安打二三振と、際立って悪く、河合は早くも〝堂島キラー〟と騒ぎ立てられている。堂島としては面白くないだろう。

一日、私は思い切って堂島に電話をかけた。明日から交流戦が始まるという前日の夜だ。

「お久し振りです」

私の携帯番号は登録してくれているのだろう、コール音が止むとほとんど同時に、快活な声が耳を打った。

「ああ、本当に。今、大丈夫？」

何やら人声がする。が、すぐにその雑音は小さくなった。携帯を手に堂島が人気のない所へ移動したのだろう。

「札幌に来てまして、チームメイトと明日の試合のことをあれこれ話し合っていたところです」

「そうか。明日はNとの試合だもね」

N球団は昨季のパ・リーグの覇者だ。

「大垣が先発だそうです」

大垣はまだ二十歳、高卒ルーキーながらドラフト一位で入団して三年目の若手だ。身長一九〇センチの長身から剛速球を投げ、マックス一六二キロを記録して世間を驚かせた。

「相手に不足はないな」

「と、思いたいですが、河合君に手を焼いてる僕としては、いささか歩が悪いです。球種も似てますしね」

得たりや応と私は携帯を握り直した。

「実は、そのことで電話をかけたくなったんだ。何故河合君を打ちあぐねているんだろう、河合は最速でも百四十七、八キロ、月尾君はもっと速かった、明日君が対決する大垣君並みのスピードがあった、それでも君は打っていたのに、と思ってね」

「いいえ、中島さん、僕はそんなに月尾君を打てませんでしたよ」

「えっ……？」

「全盛期の彼はほとんど打てませんでした。四球で出るのがやっとで。打てるようになったのは、病気のせいだったのでしょう、球威が落ち始めた頃で……通算では四本に一本程度だったと思います」

「そうかな……？」

月尾対堂島の対戦記録は勿論私のチェックノートに認《したた》めてある。去年までのものはもう一杯になってしまって今春の選抜高校野球から新しいものに取り替えたから生憎手許《てもと》にはない。私の記憶ではもう少し打っていたような印象があるが、そこは堂島本人の記憶の方が正しいのだろう。

「彼のシュートには本当にてこずりました。河合君のシュートは似ているんです。体つき、投球フォームも似ているんで、ついつい月尾君と対戦しているような錯覚に陥って、気後れがしてしまうんです」

「河合が月尾とダブル……？」

「ええ……それも……」

堂島が言い淀んだ。私はひっかかって「うん？」と二の句を促したが、すぐには返らない。

「それも――」

と堂島はやや間を置いて同じフレーズを繰り返した。

「それも……？」

私も鸚鵡《おうむ》返しをした。

「ユニフォーム姿のままの月尾君ならいいんですが、河合君にダブるのは、ホスピスでのやつれ果てた月尾君なんです」

私は絶句したが、謎が氷解した思いもあった。

（あの場面だろうか？）

私の脳裏にもこびりついていて剥がれることのない〝あの場面〟、堂島には目もくれずベッドに突進した礼子の、月尾の顔を両の手に捉えて激しい接吻と共にそれを覆い尽した姿が、背後霊のように河合を見る度蘇えるのだろうか？　それとも、礼子とは関係なく、憔悴し切った月尾だけの姿形だろうか？

「だから河合を打ちのめす覇気が萎えてしまうと言うのかい？」

「そう――とお答えしたら、言い訳にしか聞こえませんよね？」

自嘲気味に苦笑を浮かべているだろう堂島の顔が想像できた。

「言い訳、とは思わないが――」

私は頭を一振り二振りして水沢礼子のあの非情な幻影を振り払った。

「もしそうだとしたら、いや、そうと知ったら、天国にいる月尾君は悲しむよ」

「えっ……？」

「君が河合君を打ってこそ、月尾君の友情に報いられるんじゃないかね？　月尾君は最愛の女性を託すほど君を信頼していたんだから」

答が返らない。

（失言だったか!?）

後悔の念が胸をよぎった。水沢礼子のことをもしも苦々しく思い出しているとしたら、自分のこの一言は、彼の傷口に砂をまぶすような酷なものだったかも知れない。しかし、この機会に、私は堂島の心に水沢礼子がなおも影を落としているか否かを知りたかった。

「あの人は」

心なしか鼻にかかった声が漸く返った。

（ひょっとして、泣いている？）

そう思わせる程に、低くくぐもった声だ。

私は携帯を握り直し、耳に押しつけた。

「その後、どうしているんでしょう？」

「あの人って、水沢礼子のことだね？」

「ええ……」

「生憎、僕も知らないんだ。大学はもう卒業したはずだから、大学院にでも進まなければどこかに就職しているよね」

「そうですね」

堂島の声がやっと元に戻ったが、後が続かない。

気まずい沈黙がまたわだかまるのを恐れて私はすぐに言葉を継いだ。

「君は」

「彼女のこと、もう吹っ切れてるかい？」

「ええ」と即答が返ることを、半ば期待し半ば恐れた。堂島の心に水沢礼子はもはや微塵も影を落としていないとしたら、月尾が浮かばれないような気がしたのだ。自分の亡き後悲嘆に暮れるであろう彼女を、堂島なら受け止めてその傷心を癒やしてくれるだろうと信じたに相違ないから。

「吹っ切れてる、と言い切ったら嘘になりますが、忘れなければいけないと思っています」

「そうかな？」

「えっ……？」

「僕は思うんだが、彼女は君から声が掛かるのを密かに待っているんじゃないだろうか？」

「まさか！」

耳をつんざく程大きな声に、私は思わず携帯を耳もとから離した。

「そんなことはあり得ませんよ！　絶対に！」

堂島の声は怒声に近くなっている。それに気圧《けお》されながらも私は言い返した。

「絶対に、ということはないと思うよ。君は彼女にふられたと言ったが、それは思い過ごしだと思うんだ」

堂島は絶句した。私は構わず続けた。

「涙を見せることはあったが、月尾君がもう駄目だと分かっているのに、彼女は案外冷静に、気丈に振舞っていた。月尾君の手術結果や、ホスピスに移ることなど、取り乱した様子もなく告げてくれたよね」

返事はない。「はあ……」と嘆息のようなものが聞こえたようにも思ったが、錯覚だったかも知れない。

「しかし、彼女は精一杯の理性を振り絞ってカモフラージュしていただけで、恋人を無残に奪っていく病魔や、人生の不条理への怒りが鬱々と胸の中に蓄積されていたと思うんだ。つまり、一触即発の状態だった。それが、あの時、爆発したんだよ。月尾君を永遠に奪っていく病魔、不条理に対し、理性も何もかもかなぐり捨てて抗ったんだ。決して、決して、君をないがしろにしたんじゃないんだ。彼女の理性をもってしても抑え切れない怒り、絶望感のあまり、君や僕、いや、あの場に居合わせた周りの人間皆、彼女の視界から消え失せていたんだよ」

自分の言葉に酔い過ぎていたかも知れない。しかし、堂島の告白を聞いた後もつらつら月尾の臨終のあの場面を思い起こして辿り着いた結論であり、ゆるぎない確信だった。堂島がもし傷心を引き摺っていて、それを漏らした時は、この確信を伝えなければと私は思っていたのだ。彼がもう綺麗さっぱり水沢礼子のことを諦め、私の誘導尋問にもクールな答しか返ってこないなら何をか言わんやだったが。

「ありがとう、中島さん」

不意に——という感じだった——、興奮冷めやらぬ私の耳に、思いがけない言葉が響いた。

「僕も、彼女のあの行動を、何とか善意に、つまり、今中島さんが仰って下さったように、意識的に僕を無視したものではなく、それこそ、我を忘れた衝動的なものだったんだと解釈しようとしてきました。でも、はっきりしていることは、僕の存在など、彼女の眼中には全くなかったということです」

「いや……」

と言い掛けた私を、堂島の止まらない声が遮った。

「それでも僕は、密かに期待していたんです。四十九日が明けて、少し落ち着いたら、何か一言でも彼女から声が掛かるかと……。でも、何も音沙汰なしでした。その後もずっと、今日まで……」

堂島の声が段々沈んでいく。「いや」と言いかけて続けようとした言葉に、堂島はもう答を出してしまっている。それが正解かどうか、つまり、今も焼きついて離れない「第三の男」のラストシーンさながら、水沢礼子は恋人の親友を一顧だにせず無言の別れを告げたなり、永遠に彼に振り向くことはないのかどうか――私には答を出せなかった。

（十四）

翌日の対Nチーム戦、堂島は大垣を打ちあぐんだ。それどころか、走者を返す二度のチャンスで平凡なライトフライと三振に倒れ、他の二打席も内野ゴロに終わった。Oチームが放ったヒットは僅か二本、七回までノーヒットで、あわや完全試合かと思わせた。

四回に四球を選んで出た一番林田が二盗したのと、七回にも林田がファウルで粘りに粘った挙句四球を選んで出てこれも果敢に二塁を陥れたが、クリーンアップが沈黙した。八回に南原、九回はピンチヒッターに起用された上中が安打を放ったが単打に終わり、結局大垣に十奪三振の完封勝利を献上して敗戦となった。

「堂島がブレーキになったね」

例によって私と並んでテレビに食い入っていた次男は、堂島がすごすごとベンチに引き揚げる毎に「あーあ」とため息をついていたが、九回表が終わったところでもう一つ大きく嘆息を漏らしてから言った。

耳が痛かった。

(昨夜の電話がいけなかったのだろうか？　水沢礼子を、ひいては、月尾のあの臨終の場面を思い出させてしまったことが)

当初は快活に聞こえた堂島の声が、最後には重く沈んだものになっていったことを思い起こして、良心が咎めた。


その後も堂島は不振が続いた。パリーグの球団は、大垣に代表されるように、自他共にエースと称して恥じないピッチャーを一人は抱えており、彼らは防御率二点台か三点台半ばを誇っている。ホームグラウンド、アウエー各九試合ずつ、計十八試合をこなした時点でトップから上位を占めるのは大抵パリーグの球団で、セリーグの球団の多くが交流戦前の勝率を下げるのが慣例だ。

今年も例外ではなかった。トップで一千万円の褒賞金を得たのは昨年の覇者で今年も好調な出だしのN球団、二位にはセリーグを制したH球団、三位四位はパリーグの球団、五位に河合を擁するC球団が食い込んだ。C球団は交流前の三位から二位に浮上した。

悲惨だったのは我がOチームだ。堂島の不振も大いに響いたに相違ない。五勝しか挙げられず、四位から最下位に転落した。三割を保っていた堂島も十八試合の打率は二割三分そこそこ、ホームランは僅か二本に留まり、低迷を極めた。マスコミは河合を持ち上げ、堂島叩きを始めた。交流戦でも、三勝無敗でチームの勝ち頭となった河合は、勇躍新人王の最有力候補になった。二割七分台に打率が落ち込み、ホームランも打ちあぐんで二桁に届かない、この分では二十本の大台など及びもつかないと書き立てられ、堂島の影はとみに薄くなりつつある。

六月下旬、梅雨入りが宣告されて、セパ各チームがそれぞれのリーグに戻っての公式戦が再開されたが、Oチームは交流戦の後くされが続き、堂島のバットから快音が聞かれることもなかなかなかった。

交流戦が始まるとほとんど同時にオールスターのファン投票の中間発表が行われた。河合は投手部門のトップを占めているが、堂島は外野手の三番手に辛うじてつながっている。四番手についた他球団の外野手とさ程の差はないから、今後の成績次第では四番手五番手に落ちるかもしれない。

（堂島の奮起を促す起死回生の妙手はないものか？）

夏の甲子園大会の予選が繰り広げられている地方の球場に赴いてスコアブックにペンを入れながらも、手が休まると私はこんなことを思いめぐらしていた。

六月の末、オールスターファン投票の最終結果が発表された。河合はトップを維持し、パリーグで断トツの票を得た大垣には及ばなかったが、それでも彼に次いで全体で二位の得票だった。

一方堂島は、危惧した通り、四位の選手に追い抜かれ、外野手三枠から外れた。

「堂島、どうしちゃったんだろうね」

明日はオールスターの第一戦が始まるという日、妻に呼ばれて夕食に降りて来た次男が開口一番こう言った。

「ほんと、オールスターにも選ばれなかったのよね?」

妻が訳知り顔で私に流し目をくれて言った。

「あなたが電話で励ましてあげたのにね」

「えっ、お父さん、堂島選手に電話をかけたの?」

妻の二の句に息子は敏感に反応した。堂島に電話をしたことを妻には話したが、息子には言ってなかった。水沢礼子のことを話せば、彼が抱いているに相違ない、雄々しい堂島のイメージが崩れかねないと思ったからだ。

だが、妻には堂島との電話のやりとりの一部始終を話した。「かわいそうに」「純情な方なのね」と合いの手を入れていた妻は、最後にこう言った。

「あなたが、ひと肌脱いであげることは出来ないの？」

「どういうことだい？」

私は問い返した。

「あなたが推測している通りだとしたら、ということが前提条件だけど……」

「それはつまり、彼女も堂島君から声が掛かるのを待っているってこと？」

「ええ……」

それは私の憶測の半分でもある。が、半分は「第三の男」のヒロイン張りに水沢礼子はもはや――いや、最初からかも知れないが――堂島のことを歯牙にもかけていないのかも知れないというものだが、「第三の男」のあらすじを説明する気にはなれなかった。私自身の希望的観測をこと改めて打ち砕くことに他ならなかったからだ。

「ま、考えてみるよ。堂島君のスランプがずっと続くようならね」

私は言葉を濁してこの重苦しい会話を打ち切ったのだった。

「そうよ、発破をかけてあげたのよ」

妻が息子に代弁してくれ、「いつ？」「何て？」と畳みかけるのにも適当に答えてくれている間に、私はある決意を固めた。

（そうだ、ひと肌脱ごう！）

それは、他でもない、水沢礼子に会って、堂島の思いを伝え、堂島に対する彼女の思いを聞き出すことだ。

（だが、彼女と会うにはどうしたらいいんだろう？）

大学は卒業してしまっているからソフィアを訪ねても詮ないことだろう。あるいは学生課に就職先を尋ねても、個人情報だから教えられないと一蹴されるのが落ちだ。

月尾サイドから情報を探り出せないだろうか？　月尾の父親は愛知県のどこかの教会の牧師をしているはずだ。月尾が最期の日々を送った神奈川のＡホスピスに尋ねれば、その所在は分かるかも知れない。いざという時の連絡先に、教会の、教会と自宅が別々なら自宅の住所も書いてあるはずだ。月尾の父親なり母親なら水沢礼子のその後の消息を知っているだろう。息子が亡くなったからといって、その婚約者だった女性とぶっつり縁を切ってしまうとは思えない。キリスト教では一周忌とか、それに因んだ法事とかの行事は慣例ではないかもしれないが、少なくとも墓参りはするだろう。その時月尾の両親は水沢礼子に声掛けくらいするに違いない。少なくとも、一年くらいは——と、ここまで思い巡らした時、そうだ、彼女には妹がいて、礼子と東京で同居し、学習院に通っていたっけ、と思い出した。彼女はまだ学生の身だから東京にいるはずだ。

（学習院の学生課を訪ねればいいか？）

と考えが及んだところで、はてな、妹の名前がわからないな、と気付いた。

私は自分の部屋に戻って書棚から月尾と水沢礼子をスクープした写真週刊誌を引っ張り出し、頁を繰った。

礼子の妹の〝急性虫垂炎〟がきっかけで云々との記事だったたから、妹の名前も書かれてあったはずだ。

（あった！　節子だ！　水沢節子。姉と併せて〝礼節〟を知るか！　覚えたぞ」

私はほくそ笑んで週刊誌を書棚に戻した。


数日後、私は妻を伴って上京した。何となく一人では行きづらかったのと、夫婦二人きりで旅行に出ることは久しくなかったから、女房孝行の思わくもあった。それに、学習院は皇室や華族の方達が行く堅い学校でしょ、いいおじさんが水沢節子さんに会いたいと言ってもストーカーと間違われて門前払いを食わされるのが落ちじゃないの、という女房の言葉に惑わされたからだ。

「多分、骨折り損のくたびれもうけよ」

と続ける彼女に、

「男の僕が行ったらストーカーと間違えられるかも知れないが、中年のおばさんの君なら取り合ってくれるんじゃないか」

と説得を試みたが、彼女は苦笑するばかりだった。

「一昔も前ののんびりした時代ならまだしも、これだけ個人情報の秘密にうるさくなっている世の中だから、同性の私が行っても簡単には会わせてくれないと思うな」

確信めいた言葉に私も段々そんな気がしてきた。

「学習院が駄目だったら、その足で名古屋に行って月尾君の両親を訪ねるよ。とにかく、一緒に行ってくれるか。ついでだから剛の所へも寄ろう」

剛とは長男の名だ。月尾の父親は牧する教会も自宅も名古屋のはずだから、そこを訪ねたら長男の顔を見ずに帰る手はないと言う私に、妻も頷いた。

学習院は山手線目白駅から徒歩五分の距離にあった。広大な敷地にまず驚かされた。

学生達が行き交っている門前辺りに目をくれながら私と肩を並べていた妻の足取りが不意に

鈍くなった。

「どうしたんだ？」

入口前へ来て、妻はついに立ち止まった。

「守衛さんの詰所よね？　あれ」

門を入った左手の交番風情の建物を彼女は指さしている。

「そうだな。いるよ、守衛さん」

人気がないと見えたボックスに、どこからか、警察官の制帽に似た帽子を被った初老の男が入ってこちらを見すえている。

「聞いてみてよ。優しそうな人だ」

私は妻の背を押した。妻は一瞬足を踏ん張って背で私の手を押し戻したが、すぐに観念したのか、足を踏み出して門をくぐった。

ボックスにいた守衛が外に出て来て妻と相対した。妻が一方的に喋るのをじっと聞き入っていたが、やがて首を振るのが見届けられた。一度ならず、二度、三度。

妻は一礼して門を抜け、私の所へ戻ってきた。

「駄目ですって。本人の了解を得ているなら携帯ででも連絡を取って、キャンパスのどこかで会ってもらうことは構わないが、大学の方から呼び出しをかけることはしてないんですって」

一抹の期待は呆気なく裏切られた。諦め切れないまま、門前を行き交う学生達を暫く眺めていた。ひょっとしてひょっとすると、水沢礼子の妹が通り掛からないかと、限りなく乏しい可能性に賭けて。

水沢節子は姉のような人目を惹く華かさはなかったが、丸顔で小造りの愛くるしい顔立ちが印象的だった。一度限り、父親の牧する教会で月尾の葬儀が行われた時垣間見ただけだが、至近距離で見れば彼女と見分ける自信はあった。

月尾の葬儀の日、堂島は東京六大学秋季戦の初日で葬儀に出られない旨私に連絡してきた。ご両親に宜しくと。

試合と重なったことは堂島にとって幸いだったと思われる。もしフリーの日で月尾の葬儀に出なければまたマスコミに何を言われるかわからなかっただろうし、出れば出たで、水沢礼子と顔を合わせるのが辛かっただろうから。葬儀のあいだ、私はそれとなく彼女の様子を窺っていたが、その華奢な手に握られたハンカチが顔から放されることはなく、終始うつ向き加減で、周囲に視線を流すことはなかった。私も言葉をかけようがなく、両親にだけそっと堂島の弔意を伝えた。堂島の名前を口にした私の声は、月尾の母親の横に立ち尽くしていた水沢礼子の耳にも届いたはずだが、彼女は私を見るとも見ないとも知れないまま、黙礼だけ返した。隣の、妹とおぼしき母親似の女性がちらと私を見て一礼した。

（十五）

どれ程水沢節子の面影を求めて立ち尽していたのか、妻の陽子の声に私は我に返った。

「もう行きましょ」

「やっぱり、君の言った通りだったな」

促されて歩き出しながら私は言った。

駅弁を買って新幹線に持ち込み、遅まきの昼食を摂った。

名古屋駅からは地下鉄で東山動物園方面の電車に乗った。降りた所で長男の剛が車で迎えに来てくれた。夏休みで暇だから名古屋駅まで迎えに行くよ、と言ってくれたが、妻が、地下鉄で一本だから最寄りの駅で拾ってもらえばいいわよと言ったのでそうしたのだ。夏休みに限らず、剛は大学に入学以来家庭教師のアルバイトをしている。週二回、中学生の女の子に数学を教えているというが、その収入でアパート代を払って尚多少のお釣りが出、更に奨学金をもらってくれているから親としては助かっている。二年目の夏休み中に運転免許を取り、車が欲しいが援助してもらえるかと言って来た時も、月賦払いならいいぞと二つ返事で承諾した。地元トヨタのアクアがいい、頭金五十万で後は五年六十回払いで毎月五万円弱だけだ、と念を押してきたのにも了解した。来年卒業見込みで、そろそろ就活をしなければならないが、工学部の学生は引く手あまただから大丈夫、できればトヨタに入りたい、と言っている。

月尾の父親の教会は、息子のアパートからさ程遠からぬ閑静な住宅街にあった。

事前に電話は入れてあったから、父親は会堂で待ち構えていてくれた。ホスピスで見た詰襟風の制服ではない、半袖のカッターシャツにズボンというカジュアルないでたちに一瞬人違いかと思ったが、紛れもなく月尾氏だった。

会堂は四、五十畳の広さで五、六人掛け程の長椅子が十数脚二列に並んでいるからざっと百二、三十人は収容できるが、月尾逸人の葬儀の折は言うまでもなく満席で、立ったままの弔問者が入口にまであふれていた。

一段高い説教壇の前の最前列の椅子に私達は導かれ、月尾氏は説教壇から一人用の椅子を持ってきて我々と相対した。

「教会にお出でになったことは?」

陽子と剛を私が紹介し終えたところで、月尾氏が穏やかな表情で、まず私に、次いで妻と息子に目をやった。

「いいえ、生憎ウチは皆不信心者で……」

当惑したような目を二人が私に向けたので、代弁するように私が答えた。

「恥ずかしながら、この前息子さんのご葬儀に参列させて頂いたのが初めてです」

「あ……その節はお世話になりました」

月尾氏の顔が、聖職者ではなく、普通の父親のそれに変わった。

「そろそろ、一年になりますね」

私の二の句に、氏は無言でこくこくと頷いた。

「逸人さんのお墓は……?」

私は身内でもないので、葬儀の後、この教会の前で月尾の遺体を乗せた霊柩車を見送っただけだったから、火葬場はもとより、お骨がどこに埋められたのかも知らない。

「平和公園という広い墓地がここから車で十分程のところにありまして、そこの一角を教会の墓地に頂いております」

「何も用意してきてませんが、墓前にお参りさせて頂くことはできませんでしょうか？」

月尾氏は会堂の時計を見上げた。

「もう五時前ですね。霊苑は五時で閉まることになってますから、ちょっと間に合いませんか……」

「あ、それでしたら――」

私は素早く陽子と剛に目配せした。

「明朝にでも改めて伺います。今夜は息子の所で一泊しますので」

「息子さんは、こちらにお住まいで？」

「ええ、名大の四年生で、来年卒業です」

「ほー、それはそれは！」

月尾氏が見すえたので、剛ははにかんだような顔で一礼した。

「優秀なお子さんだから、親御さんとしては、将来が楽しみですね？」

陽子に、次いで私に、月尾氏は目を細めて顔を向けた。

私は返そうとした言葉を呑みこんだ。この人こそ、どんなにか息子の将来を期待していたことか知れないのに。もとより剛は月尾逸人の比ではないが、それでも、亡き息子とほぼ同い年の剛に、月尾氏は故人の面影を重ねているのだろうか？　私からまた剛に細めた目を移している牧師の顔を斜めに見すえながら、そんな思いも胸をよぎっていた。

「ところで——」

大学の何年かとか、卒後の進路はとか、矢継早に剛に向けて質問を放つかと思ったが、月尾氏はまた私に視線を戻した。

「今日お越し下さったのは、わざわざ倅の墓参に、という訳ではありませんよね？」

やっと本題に入った手応えを覚えたが、いざとなると気後れを覚えた。いきなり、水沢礼子の消息を知りたいなどと切り出したら、何故と疑問を返されそうだ。さりとて堂島を持ちだしたら、それも何故と訝られるだろう。堂島の水沢礼子への思いを率直に伝えたいが、彼女はついこの前まで月尾氏の息子の婚約者だった女性だ。単刀直入に切り出すのはためらわれた。

「息子さん、逸人さんのご婚約者だった方は、その後、どうしておられるでしょう？」

生唾を二つ三つ呑み下す間に巡らした自問自答を断って、漸く私はこれだけ言った。

「ああ、水沢礼子さんね」

私が遠慮して口にしなかった彼女の名を月尾氏はフルネームで言った。何故彼女のことを聞くのかと問い返されるのではと危惧したが杞憂に過ぎた。

「礼子さんには気の毒なことをしました。でも、まだ結婚前でよかったと思っています」

私は頷いた。傍らで妻の陽子も相槌を打っている。私は勇を鼓して尋ねた。

「水沢さんは、ソフィアを無事ご卒業なさったんですね？」

「ええ、ＡＮＡに就職されました」

「ＡＮＡに……？　つまり、スチュワーデスになられたんですか？」

横から剛が顔を出した。

「今はスチュワーデスと言わなくて、キャビンアテンダントとか、フライトアテンダントって言うんだよ」

「あ、そう？」

私は剛に振り返った。

「ええ、そのようですね」

月尾氏がにんまりとして返した。

「彼女は英語が得意で、容姿も御存知の通りの方でしたから、すんなり就職できたようです。専ら国内便に乗ってるようです。この前、こちらの空港に降りて二、三日休暇が取れたというので寄ってくれまして、逸人の墓参りもしてくれましたが……」

（この前？）

ということはつい最近のことだろう。水沢礼子の心からはまだ月尾逸人の面影が消えていないということか？

「じゃ、少しは元気になられたんですね？」

あえて核心を逸《そ》らして私は返した。

「ええ、元気そうで、私も安心しました。彼女のことも、中島さん、気遣っていて下さったんですか？」

月尾氏はやや怪訝な目を返した。

「私もそうですが、私以上に心配していた男がおりまして……」

月尾氏の目が据わった。

「ひょっとして――あの方、でしょうか？」

「え？……？」

私は空惚けてみせた。

「えーと、あの方ですよね？　プロ野球に入られた……」

「堂島君です」

額に手をやった月尾氏の二の句を待たず私は言った。

「息子さんのライバルでもあり親友でもあった男です」

「ああ、そう、ドウジマさん……でしたね。私は生憎、その方面には疎いもので、失礼しました」

つまり、プロ野球には興味がないということか？　牧師という職業柄、それは当然かもしれないが、それにしても、ホスピスでの臨終に際して目の前で息子が絞り出すように放った一言をこの人はどう咀しゃくしたのだろうか？

「ドウジマさんが、礼子さんのことを気にかけて下さっているというのは、どうしてでしょうか？」

月尾氏の詰問に、私は愕然とした。今際の際に息子が放った言葉は、この人の耳を素通りしていたのだろうか？　少し離れた所にいた私の耳にも確と捉えられたくらいだから、ベッドサイドにいた父親に聞こえなかったはずはないのだが。

私は返答に窮した。どうして気にかけている？　率直に言ってしまえば、堂島は水沢礼子に思いを寄せているからだ。しかし、たとえ故人になってしまったと言っても、自分の息子が愛した女に堂島が横恋慕していると聞いた父親はいい気がしないのではないか？　その懸念が私を黙らせたのだ。

だが、沈黙を続けるわけにはいかない。

「堂島君は、礼子さんの逸人さんへの思いが深いことを知っていましたから、理不尽な別れに彼女が絶望に沈み切っているんじゃないか心配したんだと思います。力になれるならばなりたいと思っていたようです。逸人さんも彼女のことが気懸りだったから、堂島君に礼子さんのことを頼むよって言ったんじゃないでしょうか？」

「ああ、そうでしたか……!?」

疑問とも、感慨とも知れぬ口吻で返すと、月尾氏は一際大きく目を見開いた。

「私共にならいざ知らず、親しいとは言え、礼子さんとは大した面識もないはずのドウジマさんにあんなことを言って、ドウジマさんは面くらわれたんじゃないか、しかも、あの直後、礼子さんは、ご覧になったかどうか、思いも寄らぬ行動に出られて……私と家内は、旅立つ息子への何よりの餞《はなむけ》と嬉しく思ったのですが、ドウジマさんにはご迷惑をかけたんじゃないかと、それこそ、ずっと気懸りでした。週刊誌で何やかや取り沙汰されたこともありますし、お詫びをしなければと思いつつも、その後お会いする機会もないまま、今日に至ってしまいました」

「分かりました」

会堂の窓に西日が差し込み始めているのをちらと見て取ってから、私は月尾氏に向き直った。

「父上の今のお言葉、堂島君に伝えます。その代わり、と言っては何ですが、力になれるものならばなりたいという彼の気持を水沢礼子さんにお伝え願えるでしょうか？」

それは具体的にどういうことなのか、週刊誌のあの記事は真実だったのか、という疑問が、ひょっとして月尾氏の口から放たれるのではないかと私は身構えた。〝力になる〟と言っても、堂島と水沢礼子にはもはや接点はないのではないか、と。

（その時は、もう当たって砕けろだ。堂島の思いを伝えるしかない。そうすれば、水沢礼子に会う必要もなくなる）

だが、月尾氏は、喉もとまで出掛かった言葉を呑み込んだのか、口もとを少しうごめかしただけで、

「承知しました」

と返した。

「礼子さんに会う機会は滅多にないのですが、ご両親が、逸人と礼子さんの婚約をきっかけに礼拝にいらして下さるようになって、逸人が他界してからも続けて来て下さるので、中島さんから伺ったこと、お二人に伝えます」

思いも寄らない情報だった。傍らで妻と息子も息を呑んだのが分かった。

（十六）

「初めからこちらへ来たらよかったわね」

教会を辞した帰途、最寄りのスーパーで買い込んだ食材を息子のマンションに持ち込んで妻が夕食を作ってくれたが、食卓につくなり彼女は言った。

「そうだな、東京は無駄足だったね」

私は素直に頷いた。大きな収穫を得た満足感で格別ビールがうまかった。

「どういうことなのか、お父さん達の会話、もうひとつよくわからなかったけど？」

剛がグラスを一気に空けて口もとの泡を拭ってから口を出した。

「要するに、週刊誌のあの記事は本当だったってこと？」

「いや、ちょっと違うな」

「と、言うと……？」

「あの記事は、まるで、堂島と月尾と、月尾の婚約者が三角関係みたいな書き方をしていたが、堂島君は彼女に自分の気持を打ち明けて二人の間に割って入った訳じゃない、彼女は堂島君の気持にはまるで気づいていなかったんだから」

「つまり、堂島さんの片思いってことよね」

陽子が口をさし挟んだ。

「そう、つまりはそういうことなんだが……」

「だったら、堂島がいくら力になりたいと言ったって、どうにもならないんじゃない？」

剛がまぜっ返す。

「うん、ま、そうかも知れんが……」

私は何とか言ってくれとばかり妻に目をやった。

「結婚していたならともかく、まだ婚約の身だったんだから、いまは水沢礼子さんはフリーの身よね。月尾さんを想って一生独身を通すことはないでしょうし、堂島さんが粘り強く彼女を説得すれば、なびいてくれるんじゃないかしらね？」

「ふーん……」

剛は納得し切れない様子だったが、私は陽子が充分私の思いを代弁してくれたと思った。

翌朝、剛は大学へ行きがてら教会まで私と陽子を送ってくれた。約束通り、月尾の父親が待ち構えていてくれたが、驚いたことに、そこで見ず知らずの女性に引き合わされた。

「水沢礼子さんの母上です。中島さんのことをお話したら、是非ご一緒したいと言って下さって」

「主人もお会いしたいと申しましたが――」

五十歳に手が届かないかもしれない、上品で美しい女性が牧師に続けた。

「生憎仕事を抜けられないので宜しくお伝えしてくれと申しつかって参りました」

私は月尾氏の気遣いに胸が熱くなった。と、同時に、ここに堂島がいてくれたらと思った。礼子の母親は、きっと堂島を気に入り、初対面のその印象を娘に伝えてくれるだろうにと。

霊園まで月尾氏が運転し、助手席に水沢夫人、後部席に私達夫婦が乗せてもらった。

管理事務所脇の花屋で陽子に菊の花を買わせた。バケツと柄杓も花屋で借りられた。水は墓地のあちこちに井戸が掘ってあるからそこで汲むようにとのことだった。

広大な墓地で、月尾氏の説明に依れば、戦後間もなく、戦災復興土地区画整備事業の一環として、市内約三百寺の墓地にある二十万基近い墓を移転集結したとのこと。

月尾氏と水沢夫人は慣れたもので迷うことなくすいすいと歩いていくが、それでも目的地に辿り着くまでに五分程は要した。

月尾氏が最初に、次いで水沢夫人が足を止めた。

「この一区画を私共の教会が頂いております」

教会名が記された大きな墓標を月尾氏は指さした。

「ここに故人となられた方々の名前と没年、享年が記されていますが、個々の墓標はないのです」

水沢夫人が妻の陽子が下げていたバケツを取ってその場を離れると、ややにして戻って来た。バケツの半ばまで水が入っている。

「どうぞ、お花をそちらへ。私はこちらにお供えさせてもらいますから」

墓標の両脇の花立ての一つを指さして水沢夫人が言った。

墓標の名前を目で追っていた妻が、その一つを指さして私に目配せした。その言わんとすることを察して私は頷いた。月尾逸人がもっとも若い物故者と思っていたが、何と、享年三才と書かれたものもあり、陽子はそれに目をとめていたのだ。

「ああ、そのお子さんは、生まれつき心臓の病気を持っていまして、移植待ちだったんですが、間に合いませんでした」

牧師の言葉に水沢夫人も目を曇らせて頷いた。

「では、ご一緒に、黙祷をお願いします」

墓標と花立てに水沢夫人と陽子が水をかけ終わったところで、月尾氏が居住まいを正した。

私は瞑目し、両手を合わせた。

(月尾君、どうか堂島君に託した君の思いが水沢礼子に通じるよう、堂島君がこのスランプから抜け出し、我がOチームに活気をもたらし、万年最下位の汚名を返上できるよう、力を貸してくれ給え)

ペナントレースの後半戦が始まったが、堂島の低迷は続き、我が球団も最下位であがいている。

河合は対照的に好調で、他球団のピッチャーが夏バテ気味なのをよそに、僕は甲子園で鍛えられましたから夏は鬼門どころか暑い方が好きですと、涼し気な顔でインタビューに答えている。

パリーグでも甲子園球児が活躍し始めた。天王寺学園の後輩で昨夏は準決勝で河合の享栄に敗れ涙を呑んだが、高校三年間の通算打率は四割を超え、堂島二世と騒がれた早田だ。一位指名したN球団が交渉権を獲得し、早田も「光栄です」と二つ返事で入団したが、オープン戦では期待外れの成績でファームで調整してからと一軍のリストからは外された。対照的に河合が好調だったから、心ない週刊誌にN球団の監督も早田本人も叩かれ、「ドラフトで明暗の分かれた顕著な例」などと書きたてられた。

だが、ファームでみっちりしごかれた早田は、交流戦のCチームとの対戦で代打に起用されると、甲子園の宿敵河合からヒットを放ち、それがきっかけでレギュラーに登用されるや、俄然火がついたように打ち出し、オールスター戦には選ばれなかったものの、前半戦の打率を三割に乗せていた。節操のない週刊誌は、以前の記事は棚上げにして、今度は早田と堂島を天秤にかけ、「金の卵を引き当てたN球団、貧乏クジを引いたO球団」などと囃し立て、私の脳波をかき乱した。しかし一方で、堂島と共に月尾を東大病院に見舞った時、暫く前に終わった夏の甲子園の話題になり、「早田君は堂島二世になるかも知れないね」と、皺だらけの口もとを突いて出た月尾の言葉がしきりに思い出されていた。「いや、球を的確に捉えるセンスは僕より上かも知れないよ」と返した堂島のそれと共に。

(二人とも、見る目があったんだ!)

早田の活躍を見聞きする度に、私はこんな独白を胸に落とした。

それにしても、八月が終わろうとしているのに復調ならず、打率は二割五分に落ち込み、ホームラン数も伸びず、打順もクリーンアップから外されて六番に下がったり、スタメンを落ちたり、出ても三打席凡打を続けると代打を出されたりで、評価が落ちる一方の堂島が気懸りだった。

「少し痩せたように見受けるが、どこか悪いんじゃないのかい？」

九月初旬、甲子園での対Ｔ球団との三連戦の初日、スタメンを外されたと知って、私はたまらず堂島に電話をかけ、挨拶もそこそこにこう問いかけた。

「いえ、どこも悪くありません」

声には生気を感じて、まずは安堵した。

「体重は、確かに二、三キロ落ちましたが、毎年のことです。僕の成績がパッとしないし、今夜みたいにスタメンを外されるので、心配して下さったんですよね？　しかも、僕が抜けてチームは勝ちましたものね。明日も外されるかも知れません」

Ｔ球団も低迷し、今夜の敗北で我がＯ球団と入れ代わって最下位に落ちた。

「僕ばかりじゃないよ」

私は語気を強めた。

「月尾君の親御さんも、水沢礼子の御両親も、君のことを気にかけて下さっている」

即答が返らない。受話器の向こうで堂島が息を呑んだのが分かった。

堂島を励ますには彼らの名を出すしかないという思いだった。

月尾逸人の墓参を済ませて数日後、思いがけなく水沢夫人から手紙が届いた。夫の名刺が添えられていた。

達筆な文字が心憎いばかり程良い調和を保って便箋二枚に配されていた。私はそのコピーを取って余程堂島に送ろうかと思ったが、思い留まったまま今日に至っているのは、私のことをえらく褒めて下さっている、こんな件《くだり》があるからだ。

「中島様は並のスカウトマンではない、と逸人さんからよく聞かされていました。人情味のあふれた魅力的な方で、僕がもし医者でなく野球人の道を選んでいたら、一浪してでも逆指名で中島さんのO球団に入ったと思う、だから堂島君がもしプロに入るなら、絶対にO球団に入って欲しい、等々。

思いがけずお目にかかる機会を月尾牧師から頂いて御光顔を拝し、逸人さんが言っていらした通りの方だとお見受けし、嬉しゅうございました」

くすぐったく、穴があったら入りたい思いだった。

私が堂島に読ませたいと思ったのは、次の件だった。

「中島様にお会いし、逸人さんの墓参をご一緒にさせて頂いたこと、礼子にも伝えました。大層感激しておりました。堂島様が礼子のことを心配して下さっていることもお伝えしました。幸い仕事の忙しさに紛れ、当初の哀しみも薄らいで来て、何とか立ち直れそうだということを、私から中島様にも堂島様にもお伝えするよう申しつかりました。堂島様にはお伝えする術がございませんので、どうぞ中島様から宜しくお伝え下さいませ。もう少し時間を頂いたら、自分からお二人にお礼に伺うつもりだとも礼子は申しておりました」

逡巡するばかりで送れずじまいでいた水沢夫人の手紙のこの件を今こそ堂島に伝えねばと思った。

「ご両親ばかりじゃないよ。礼子さん自身も何とか立ち直れて仕事に専念できていることを、僕から君に伝えてほしい旨、お母さんは書いておられた」

「仕事――というのは……?」

やっと声が返った。

「スチュワーデスだよ。今はキャビンアテンダントとか言うのかな」

「どちらの航空会社ですか?」

「ANAだそうだ。研修中で専ら国内便に乗ってるようだが」

「そうですか――」

また沈黙が続いた。それを長引かせまいと私は焦ったが、意外にもすぐに二の句が返った。

「じゃ、遠征の折など、ひょっとしたら彼女と出くわすかも知れませんね」

明るい声だ。ひょっとしたら？　そんな偶然に一縷の希望を見出してくれたのだろうか？

いやいや、そんな偶然に望みをかけなくていい。とっておきの情報がある。

「堂島君」

私の方がすこし間を置いてから携帯を握り直した。

「はい……？」

「礼子さんはね、多分、君に会いに行くよ」

「ええっ……!?」

紛れもない驚愕の声が耳に響いた。

「ど、どうしてですか？」

「どうしてだかは知らない。お母さんの手紙にね、お礼に伺うと申しておりますと、書かれていた」

「お礼？　何のお礼ですか？」

声がやや尖った。

「彼女にお礼を言われる筋合いなど、何もないと思いますが……」

(根が深いな。あの時のショックがまだこびりついているんだ)

堂島だけでなく、水沢礼子は私の所へも礼に来ると言った由、母親の手紙には書かれていた。それこそ、私に礼を言われる筋合いなどない。月尾を見舞い、その葬儀に出たことに対してなら、今更事改めて言ってもらう必要もない。だが、堂島には？

(〝お礼〟ということばの文《あや》で、本音は〝お詫び〟を言いたいのではないか？　月尾の臨終の折の、堂島を絶望に陥れた、あの、錯乱したようなふるまいに対する)

不意に閃いたこんな憶測を口に出したかったが、そんな衝動とは裏腹に、口をついて出たのは当たり障りのない言葉だった。

「ま、君の友情に対する感謝の気持だろうね。月尾君が亡くなって、ことさらしみじみと君のことが思い出されるんだろうね」

「そんなことはないと思いますよ」

今度は苦笑に口を歪めた堂島の顔が浮かんだ。

「ない——て……？」

「彼女は、僕のことなど歯牙にもかけてませんよ。単なる社交辞令だと思います。ひょっとしたら、本人はそんなことを言ってなくて、お袋さんの筆がつい滑ってしまったんじゃないですか。インテリによくあることです」

(何を訳知りな!)

私は驚き、半ば呆れてまた独白を胸に落とした。確かに、教養も知性もありそうだが、謙虚で、どちらかと言えば、面長で目鼻立ちのくっきりした典型的な美形の礼子よりも、妹の節子を髣髴とさせる、やや丸顔で優しい顔立ちの水沢夫人を思い浮かべながら。

「母親の作り話だって言うのかい?」

「ええ、まあ……」

怒気を含んだ私の口吻に気圧されたのか、堂島は言い淀んだ。

「彼女はそんな人じゃない。本人が言いもしないことを、自分の判断でおためごかしに言ってのけるような人には見えなかったがね」

「そうですか」

今度は素直に返った。

「中島さんがそう仰るなら、そう信じます」

「うん……」

堂島がこれで多少とも奮起してくれることを祈りながら、私は電話を切った。

その直後だった。陽子が「お先でした」と言って風呂から上がって来たので、私はシャワーだけ浴びてくるよと言ってリビングを出かけた刹那、テーブルに置いた携帯電話が鳴った。陽子に呼び止められて戻りながら、堂島が何か言い足したくてかけてきたのかと期待したが、画面に出たナンバーはついぞ見覚えのないものだ。携帯には相違ない。

堂島とのやり取りの興奮がまだ冷め切らないのを意識しながら、私はソファーに腰を落とした。陽子が横に体を滑らせた。

「あ、夜分に失礼致します」

私が名乗って、ほんの数秒間を置いてから、若い女の声が返った。

「わたくし、水沢礼子という者ですが、今、大丈夫でしょうか？」

どきりと胸が弾んだ。

「大丈夫です。どちらからおかけですか？」

「神戸です。新神戸駅前のＡＮＡホテルからかけさせて頂いております」

かすかに覚えのある声が、淀みなく、快く耳に響いた。動悸を打ち始めた胸に、思わず手を

やったのを怪しんだのか、

「どなた？」

と陽子が小声で囁いた。

「水沢礼子」

私は瞬時胸から放した手で携帯を押さえて妻の耳もとに返した。

陽子は目を丸くし、口をすぼめて私を見返した。

「じゃ、お仕事でこちらへ？　先日、月尾君の父上から、あなたがＡＮＡに勤められたことを伺いました」

「はい、札幌からのフライトで、神戸空港に先程着きまして、夜遅く失礼かと思いましたが、もし、明朝にでもお目に掛かれればと存じまして……」

耳を疑った。水沢礼子は、私が過日母親に渡した名刺を見て電話をかけているに違いない。

私の住所が明石で、新神戸とは至近の距離にあるとわきまえての面会の申し出だろう。

「いいですよ。ホテルは分かっていますからそちらへ伺います。何時頃伺えば宜しいですか？」

「不躾《ぶしつけ》なお願いで申し訳ありません。午後にまた札幌へ参りますので、勝手なお願いですが、午前十時に、こちらの四階ロビーでお待ちして宜しいでしょうか？」

了解の旨返しながら、堂島も西宮にいる、ナイターまでに時間はある、抜け出られるものなら彼女に会わせてやりたい、と思った。

「でも、堂島さんではなく、あなたに会いたいというのは、何故かしら？」

逸る私の気持に水を差すように陽子は言った。

「うーん。いきなり堂島に会うのは気が引けるのかな？　母親にも僕は堂島君の礼子さんへの思いを明かさなかったから、直接僕に会って聞き出したいと思ったのかも……」

「じゃ、あした会ったら、堂島さんの気持を彼女に伝えるの？」

「そうだな、できればそうしたいが、そういうムードになれるかどうか……。絶対にそんなことはないと思うが、ひょっとしたら、堂島君の推測通りかもしれないからね」

「彼女は堂島さんのことを何とも思っていないってこと？」

「ああ、〝第三の男〟のヒロインさながらね」

「また出たァ。よっぽどそのラストシーンが印象深いのね？」

「ああ、ショックだったからね。あんな風なふられ方をしたら、男は当分立ち直れないだろうと思ったからね」

「あたしに、そんなふられ方をされなくてよかったわね」

「あはは、そうだな。最初のプロポーズには二つ返事をくれなかったけどね」

（十七）

陽子と知り合ったのは、私の妹芳子の紹介によった。短大の同期生で、卒業後も時々会って親交を深めているという陽子を、甲子園での対Tチーム戦でたまたま私がマウンドに立つというので芳子は球場に伴ってきた。高校野球は好きだがプロ野球にはあまり関心がないという陽子を半ば強引に誘ったのには、芳子なりの思わくがあってのことだった。つまり、陽子を私に引き合わせようとの。

生憎その日は、一軍に上がって初めてのマウンドで、慣れたはずの甲子園だったが、三回半ばで満員の観衆の野次と怒号の渦に巻き込まれてカチカチになり、三回半ばで滅多打ちにされて早々とベンチに下げられると、翌日からまたファームに戻るよう試合後監督に言い渡された。

妹は、ガックリと肩を落としてベンチに引き下がる私が哀れで、陽子が隣にいるのも忘れて涙ぐんだという。

宿舎に引き揚げたところで芳子が電話をかけて寄越し、近くのカフェにいるから出て来ない？　と誘った。ファーム落ちまで言われてすっかり落ち込んでいたから気乗りがしなかったが、眠れそうにもなかったのと、門限まで一時間余りあったので、歩いて五分程のそのカフェに出かけた。妹が一人かと思ったが、陽子が隣にいた。

「お疲れ様でした」

さぞかし浮かぬ顔をしていたであろう私に、陽子の屈託のない笑顔と愛らしい声は救いだった。とりたてて美人ではないが、飾り気のない気さくな人柄に惹かれた。芳子にその旨伝え、また会う機会を作って欲しいと頼んだ。

「陽子もお兄ちゃんに好感を持ったみたいだけど」

と芳子は言葉を濁した。

「彼女のご両親は二人とも市役所に勤めていて堅い人なの。彼女も地元の信金勤めで真面目な人。華かだけどあしたの保証がないプロ野球選手なんかもっての他と、両親はもとより、彼女自身、そう思うかもね。まして、花形選手ならいざ知らず、早々と二軍落ちしてしまうような選手では、ちょっと望み薄かな」

痛いところを突かれた。兄思いの芳子としてはいささか辛辣すぎる言葉だ。ちょっと言い過

ぎじゃないかと返すと、

「悔しかったら早くまた一軍に戻って。でないと、陽子を誘えないでしょ」

その通りだ。

陽子に勇姿を見せたい一念で私はハッスルし、ファームでの調整、一軍で活躍している私と似たフォーム、同じ球種を操る先輩投手のビデオを飽きる程見て研究した。努力は実って、二ヵ月後、私はマウンドに復帰した。Oチームのホームグラウンドで、相手はトップを走るCチーム、何とか五回を二点以内に抑えろとコーチに発破をかけられていた。不安はあったが、私は芳子にマウンドに上がることを伝え、二人分のチケットを取るから陽子を誘ってくれと頼んだ。

当日、初回表で私はいきなりピンチに立たされた。緊張のあまり制球が定まらず、一、二番に連続で四球を出し、盗塁まで決められた。無死二、三塁、三番打者が放った痛烈なライナーがサードの頭上を襲い、早々と二点を献上と誰しもが思っただろうが、打撃はそこそこながら守備にかけては超一流でゴールデングラブ賞も取っているサードがジャンプ一番好捕、三塁ベースを飛び出していたトップバッターもタッチアウトに仕止められてダブルプレー、次の四番打者には中前安打を打たれて一点を取られたが、五番は三振に打ち取って何とか最小失点で切り抜けた。これで肩の力が抜け、五回を無事投げ終えて一失点でセットアッパーにバトンタッチ。味方はその裏相手エースから一点をもぎ取ってくれたので、私に黒星はつかなくなった。セットアッパーは六、七回と打ち込まれて三点を取られ、結局一対四で我がチームは敗戦となったが、試合が終わるや私は取るものも取り敢えず、妹に電話を入れ、彼女が指示してくれた球場近くのカフェに駆けつけた。

陽子が、前と変わらぬ笑顔で、芳子と共に拍手して私を迎えてくれた。

「今夜のお兄ちゃん、別人かと思ったわ」

芳子がいきなり茶々を入れた。相槌を打ちながら白い歯を見せる陽子の口に吸いつきたい衝動を覚えた。

その年、私は五勝を挙げた。同じ数だけ負けたが、監督もコーチも合格点をつけてくれた。しかし、それよりも何よりもの収穫は、陽子が私の交際の求めに応じてくれたことだった。オフの間に私はプロポーズしたが、母親は説得できたが父親が絶対駄目だというのでもう少し待って欲しいと答を預けられた。

次のシーズンが始まる前のオープン戦に、陽子は時間を作っては見に来てくれた。気を利かせたのと、芳子も上司に見染められて彼氏との付き合いが忙しくなったのとで、陽子はひとりで来てくれることが多かった。

ペナントレースが始まり、私はローテーションの一員に加わったが、前半戦、一勝三敗の不甲斐ない成績に終わった。しかし、その貴重な一勝は、やはりホームグラウンドのナゴヤドームで、陽子がひとりで見に来てくれた時だった。その夜、私は二度目のプロポーズをした。父親は依然として反対しているが、たとえ勘当されてもいい、一緒になります、と陽子は言ってくれた。その一言にほっとして気が緩んだのか、後半に入ってもなかなか勝てず、二勝三敗に終わり、最後の敗戦後、またファーム行きを告げられた。しかしその二勝は、私にとって忘れ難いものだった。いずれも陽子がスタンドで見守ってくれる中で挙げたものだからだ。

その後も鳴かず飛ばずで一勝を挙げるのに一苦労し、中継ぎに回されたり、ファームに落とされたりの繰り返しだったが、陽子の気持は変わらず、四年目のオフに、父親の反対もものかは、駆け落ち同然で私の所に来てくれた。それを見届けて妹も上司のプロポーズを受け入れた。

（十八）

新神戸駅前のクラウンプラザＡＮＡホテルに、私は約束よりも五分遅れて到着した。早目に出たつもりだったが、途中、渋滞に出くわしたのだ。

六階の駐車場に車を入れ、四階のホテルロビーに降りていった。

水沢礼子は一人用の椅子に浅く掛け、背筋をピンと立てて座っていた。エレベーターを降りて、背後から近付く形で私はロビーに急いだ。その間十秒程彼女の後姿を見る形になったのだが、艶やかな黒髪と言い、すっきりした襟足と言い、僅かに窺える横顔の線と言い、改めてその美しさに見惚れた。

私の気配に気付いてこちらに振り向けた顔は更に美しかった。東大のグラウンドで初めて見かけた時より一段と大人びて見えた。

「お呼び立てして申し訳ありません」

五分の遅刻の言い訳をする私に、水沢礼子の方が恐縮の面持ちで返した。

「そこのラウンジででもお話できますでしょうか?」

礼子はロビーの右手を示した。次男が神戸の高校に行きたいと言うので、陽子と一緒に下見に来た帰りにここへ寄って夕食をしたことがあり、ロビーでトイレに行きしなに、右手奥に喫茶室があるのを見た、その折の記憶が蘇って私は頷いた。

ロビー側の窓際の席で礼子と相対した。間近に見る礼子は更に美しかった。錫《すず》を張ったような澄んだ瞳は深く、吸いつけられるようだ。病床の月尾に寄り添っていた頃の、心なしかやつれた面影とは別人の感がした。

「母から、中島さんが私のことを気に掛けて下さっていると聞きまして……」

「私より――」

性急すぎると思ったが、用意してきた言葉を早く吐き出したかった。

「あなたのことを気にかけていたのは堂島君です」

断定的に言い放った語気の強さに驚いたのか、水沢礼子は目を瞬き、軽く開き気味だった唇をキュッとしめた。

「堂島さんは――」

薄く、品良くルージュの入った唇が開くと、青いとまで感じさせる瞳がこちらに凝らされた。

「私のこと、お気を悪くなさっておられるものとばかり思っていました」

〝第三の男〟のヒロインの面影が脳裏から消えた。水沢礼子は堂島を無視し切ってはいなかったのだ。

「そんなことはないと思いますが、どうしてそのように……？」

「御都合がつかなかっただけかも知れませんが、中島様はご参列下さいましたのに、堂島さんは、逸人さんの葬儀にもおいで下さらなかったので……」

「ああ、それはたまたま試合の日とぶつかっていたからです。ご推察通りですよ。当日は私も何だか上の空で、ご両親に宜しく伝えてくれるよう言われてましたのに、申しそびれてしまいましたが……」

「逸人さんのお父様は、堂島さんがいらして下さったら、友人代表として弔辞を述べて頂く心づもりでいらっしゃいました。私も、お目に掛れるものと思っていたのですが……」

（本当か？）

耳を疑って、私は思わず水沢礼子の目を探り見た。社交辞令ではなく、本当にそう思ってくれていたのか？　私は疑念を晴らしたいと思った。

「水沢さん」

「はい……？」

改まった私の口吻に、水沢礼子は背筋を立て直したが、こちらに据えられた目に外連味《けれんみ》はない。私は勇を鼓した。

「堂島君は、律儀な男です」

「はい……」

「月尾君への思いも、単なる友情以上のものがあったと思います」

ルージュが色艶を増した。

「だから、今際の際に月尾君があなたを頼むと言ったことを、彼はしっかり受け止めたと思います。何故って、月尾君の何よりの気掛かりはあなたのことだったはずですから」

不意に、錫を張ったような目が潤んで深味を増した。私は一瞬気後れを覚えたが、構わず続けた。

「しかし、堂島君は、あなたが〝イヤッ〟と叫んで月尾君の口を封じたことで水を浴びせられた思いがしたようです。あなたに、完全に拒絶されたと思い込んだのです」

礼子の目尻から一粒二粒、涙が頰に伝い流れた。いつの間にか手に握りしめていたハンカチを、彼女はそっと目尻に当てた。「そうじゃないんです」

潤んだままの瞳を気丈にもこちらに凝らして礼子は訴えるように言った。

「堂島さんのことを厭って言ったのではないのです。本当に、そういうことではなく、逸人さんが死んじゃイヤッ、そんな残酷な哀しいことは厭っていう思いで口走ってしまったのだと思います。覚悟していたはずですのに、いざとなると、とてもそんな現実は受け容れられなくて……」

赤心の吐露であり、嘘は微塵もないと信じられた。

「でも、人目も憚らないあられもない私の言動に、堂島さんはさぞかし気分を害されたんじゃないかしらと、堂島さんのお姿を葬儀でお見かけしなかったこともあって、はっと思い至りました。いつかどこかでお目に掛かる機会があったらお詫びしなければと思っておりました」

私は冷めたコーヒーの残りを口にし、更にグラスの水を二口三口飲んで喉の乾きを癒やした。

「今日、こうしてあなたとお会いしたこと、そしてあなたが仰って下さったこと、堂島君に伝えます。やっぱり君の誤解だったぞ、と言ってやります」

「宜しくお願いします」

水沢礼子は深々と頭を下げた。

「それにつけて、ひとつお願いしたいことがあります」

礼子の顔が上がるのを待つ間に、咄嗟に閃いたことがあった。

「はい……？」

礼子はハンカチを目もとにやってから私を正視した。

「堂島君は、出だしは好調だったのですが、ここ暫くスランプに陥っております」

礼子の瞳が陰った。

「今日のことを話してやれば元気づくと思いますが、あなたのお顔を見れば更に元気が出ると思います。あ、いや――」

礼子の目に戸惑いの色が浮かぶのを見て、私はすぐに言い足した。

「すぐにとは申しません。お互いの都合が合うのはなかなかと思いますし……そこで、取り敢えず、あなたのお写真のひとつも彼に送ってやりたいのですが、ご迷惑でしょうか？」

「あ、いえ……」

礼子が居住まいを正したので、私はまたすぐに言い足さねばならなかった。それこそは、我ながら妙案と閃いたことに他ならない。礼子が首を振らなかったことで、私は勇気を奮い起こした。

「彼はあなたがスチュワーデス――あ、今は別の言い方をするんでしたね？」

「キャビンアテンダント……」

（そうだ！　ついこの前まで覚えていたのに！）

「あ！　そのお仕事に就いて元気でおられることは知っています。私はこの前逸人君の父上から伺ったばかりでしたが、実は、昨夜、以心伝心と言いますか、あなたから電話を頂く直前まで堂島君と電話で話しておりまして、そこであなたがＡＮＡにお勤めになっていることを彼に伝えたのです」

礼子の目に驚きの色が浮かんだ。

「そんな訳ですから、是非あなたのスチュ……いえ、キャビン・アテンダントの制服姿を彼に送ってやりたいんです」

「分かりました」

水沢礼子はきっぱりとした口調で言った。

「制服は、持ってきておりますが、でも、ここではちょっと……」

「あ、勿論です」

礼子の視線を追って私も辺りを見やってから言った。

「水沢さん、神戸空港に行かれるんですよね？」

「はい……」

「そこまでお送りします。で、出発前少しお時間を頂き、ロビーででも撮らせて頂けませんか？　お写真は──」

私は床に置いたショルダーバッグを取り上げ、最近新調した携帯を取り出した。

「これで撮らせてもらい、堂島君も同じようなものを持っていますから、すぐに彼に送ります。あなたの励ましの一言でも添えたら、どんなに喜ぶかと思いますが……」

「その前に、堂島さんにはお詫びしなければなりませんのに……」

「それは──」

私は前夜の堂島とのやり取りを思い返した。

「私が代弁しておきます。君の思い過ごし、誤解だったよ、と。あなたからは、またいつか彼と会った時、直接言って下されば……」

「堂島さんは──」

水沢礼子の声が低まった。

「会って、下さるでしょうか？」

聞き耳を立てようと前屈みになったまま、私は生唾を呑み込んだ。それから、おもむろに上体を戻した。

「彼の方こそ、もうあなたに会えないと思っていたでしょう。あなたが声を掛けられたら、彼は飛んで来ますよ」

「そうでしょうか……」

水沢礼子ははにかんだように首をすくめた。


ベルボーイからスーツケースを受け取った礼子を、私は六階の駐車場に伴ったが、その前に、ベルボーイに話しかけている彼女を携帯のカメラに納めていた。

神戸空港まではほんの十五分程度、その間私は堂島の今後のスケジュールを話し、礼子は実物大の模型飛行機内から始まる自分の研修の内容を話してくれた。全国をあちこち飛び回る点で二人は似ている。同地点に日を同じくして留まる偶然は期待する方が無理だろう。しかし、二人とも拠点は名古屋だ。

「ペナントレースが終われば、彼は暫く暇になります。今の調子じゃ、ウチが日本シリーズはおろかクライマックスシリーズに出られる可能性もゼロに近いですから、十月下旬には」

さしずめ名古屋城の前で落ち合い、金のシャチホコを見上げている二人を想像して私はほくそ笑んだ。

　空港のロビーの入り口で降ろすと、

「十分後に、ここへ来ます」

と言って水沢礼子はロビーの中に消えた。私は駐車場に車を入れ、携帯だけを手にエントランスに向かった。

　言葉通り、きっちり十分後、礼子は小走りで現れた。颯爽たる制服姿に、私のみか、周りからも一斉に視線が注がれた。それもそうだろう。ロビーでならいざ知らず、キャビン・アテンダントをロビー外で見かけることなど皆無であろうから。その特権に与っている自分を私は幸せ者と思った。

「神戸空港」の看板とエントランスを背景に、礼子はさり気なくポーズを取ってくれた。

「僕とのツーショットもお願いしていいかな？　あなたとちゃんとここで撮った証拠に」

　内心臆しながらの私の申し出に、礼子は快く頷いてくれた。私は通りすがりの若いアベックを呼び止め、女性の方に携帯を差し出した。娘は瞬時意表を突かれた面持ちでちらと彼氏を流し見やったが、男の笑顔に促されるように携帯を受け取ってくれた。

　私は身長百八十三センチでプロ野球選手としては並だったが、この辺りでは目立って大きかった。しかし、私の横についと身を寄せてくれた水沢礼子は、中ヒールを履いているとは言え、並び立っても私が見下ろす程ではなく、彼女の横顔は私の目線からほんの少し斜め下に見届けられた。

「ANAのCAの方ですか?」

携帯を受け取りに歩み寄った私に、娘は礼子を横目に見ながら言った。頷くや、

「私達もご一緒に撮らせて頂いていいですか?」

と言って、彼女は自分の携帯をバッグから取り出した。連れの青年が近寄ってきた。

「ね、記念に撮ってもらいましょ」

女が言うと、男は「いいですか?」と問いた気な目で私を見た。私は礼子に目配せで了解を求めた。

「どうぞ」

と返して、礼子は自分からもこちらに歩み寄った。アベックの間に礼子は入ったが、私より十センチは低いかと思われた青年と、果たして礼子はほぼ同じ上背で、小柄な娘の頭は彼女の顎の辺りにあった。

「堂島君に、何かコメントをお願いします」

若いアベックを見送ったところで、私は礼子に携帯を差し出した。彼女の手でキーを押し、名前まで入れてくれるようにと。

礼子は一瞬ためらいを見せたが、すぐにそれを受け取り、薄くマニキュアの施された指でキーを打ってくれた。

堂島一馬様
色々と有り難うございました。
ご活躍をお祈りしております。
改めて御無沙汰のお詫びと御礼に伺いたく存じております。　水沢礼子

堂島は程なくスランプから脱却した。そぞろ秋の気配も感じられる九月中旬から、湿り勝ちだったバットが息を吹き返し、三割をキープ、打ちあぐねていた河合からもホームランを二本放った。タイムリーヒットも増え、チームはHチームを抜いて五位に浮上、四位のDチームと

並んだ。

ペナントレースが終わった十月下旬、堂島は二割八分五厘まで打率を戻し、ホームランも二十本の大台にあと一本と迫って、チームも四位に浮上、三位のCチームに二ゲーム差と肉薄していた。

新人王は、クライマックスシリーズに進出し、その原動力になったと自他共に認めるC球団の河合がものにした。最多十五勝を挙げ僅か三敗、防御率も二・六と抜群の成績で、堂島の得票を大きく上回っての受賞だった。

「新人王は残念だったが、よくやったよ」

O球団の打ち上げパーティーが開かれた名古屋駅前のホテルで顔を合わせた堂島に私は言った。

「河合君の受賞は当然ですが、規定打席ギリギリで三割にこぎつけて新人賞を取った早田君に嫉妬を覚えました」

しかし、そう返した顔は少しも悔しそうではなく、笑顔にはゆとりさえ感じられた。

オフが終わってキャンプ入りが始まった。万年最下位から脱却した〝ご褒美〟且つ、来季の更なる奮起を促すとして、フロントはキャンプ地を例年の宮崎から海外のグアムに移した。

数日後、堂島から私にメールが入った。あけてみて目を疑った。何と、紺碧の海と空を背景に、堂島と水沢礼子のツーショットの写真が現れたからだ。

「初の国際線の勤務研修とかで、キャンプ地に寄ってくれました。一緒に来た彼女の同僚が撮ってくれたものです」

〃水沢礼子〃の名を伏せた言わずもがなのコメントが添えられている。

(堂島の春は近い！　新人の鬼門とされる二年目のジンクスも彼は乗り切れるだろう)

飽かず写真に見入りながら、私は胸に明るいものが広がるのを覚えた。

あとがき

本書に収めた三つの中短篇は、当地で唯一の同人誌「淡路島文学」に寄せたものである。*最新刊で十六号に至った同誌は十ヵ月に一度の割で刊行されてきたもので、一昨年惜しくも物故した農民文学作家北原文雄氏が主宰していた。

私は当地へ来て二十年余になるが、長い間その存在を知らなかった。二〇一〇年に、たまたま私の「孤高のメス」が映画化されるという僥倖に浴したが、映画を見て下さった北原さんから、是非「淡路島文学」に御寄稿下さいとのお誘いを受けた。

私はそれまで専ら長編小説を手がけてきて、短いものでも三百枚、「孤高のメス」に至っては延べ三千枚にも及んだりしていたから、少人数ながら十名ほどの同人を擁す「淡路島文学」に寄せる作品は精々百枚程度と言われ、なかなか踏ん切りがつかなかった。

それでも、孤軍奮闘しておられる北原さんの熱意に応えるべく、長編の合間を縫ってぼつぼつと中短編も手がけ寄稿するようになった。ほぼ一年に一度刊行というゆったりとしたペースも幸いした。気が付いたら、同人の末席を汚して毎号執筆者に名を連ねていた。いつもいつも小説ではなく、エッセーや評論めいたものでお茶を濁させてもらったこともあるのだが。

小説はここに収録したもの以外数篇あるが、いずれも座右の書とする「平家物語」に素材を取ったもので、ジャンルを異にし紙幅にも余るので本書に収めることは思いとどまった。

＊「白球は死なず」の（一）～（七）は、集英社の月刊情報誌「青春と読書」に連載されました。

× × × × × ×

「青春の彷徨」は九割方実体験を元にしたものである。医学部専門課程の三回生の夏休みとそれに続く短い時日のほろ苦い思い出である。

私は二十四歳であった。たまたま現役で入ったから本来なら二十三歳だが、専門課程に進んだその年の暮れ、解剖の試験を終えたところで学生課に休学届を出し、修学院の下宿に閉じ籠ってひたすら原稿用紙に向かう生活を続け、一年を棒に振ったからである。

若気の至りもいいところであった。朝日新聞が「一千万円懸賞小説」なるイベントを新聞紙上に発表していたのを目にとめたのが悲運の始まりだった。

一年先輩に先年ノーベル医学化学賞を受賞した本庶佑がいて、彼は学生時代から生化学教室に出入りしていたが、私は基礎医学にはまるで興味がなく、ひたすら臨床医を目指していたから、解剖、生理、生化学といった基礎医学の講義にはうんざりしていた。入学後二年間の教養課程からして、失望の連続であった。すぐにも内科、外科、産婦人科といった臨床医学の講義が始まると思いきや、受験時代の延長さながら、物理、化学、数理統計、数学といった、およそ臨床医学とは無関係な講義に明け暮れたからである。

休学のことを両親には無断で決行した。反対されるに決まっているし、父の怒りを買って月々の仕送りを断たれたら万事休すだからだ。

一年後、落選の知らせを受けて奈落の底に突き落とされた。入選したのは北海道の主婦三浦綾子の「氷点」であった。諸々の文学賞とは無縁であったが、彼女はこれが踏み台となって順調な文筆生活を全うした。

このほとぼりが冷め、医学部に復学して間もなく、私は一人の女性に出会った。九歳年上で、元小学校の教員であったが、病を得て大阪から郷里の名古屋に戻り療養生活に入った。両親は熱心なクリスチャンで、その祈りによって病魔から解放されたと信じた彼女は、晴れて退院するや、両親と共に教会に通いだした。

その教会は年に一度、京都の〝一灯園〟で数日間かけて〝特別集会〟を催していた。奈落の底から這い上がったばかりの私はそこで彼女と出会って恋に落ちた。

彼女も私を受け止めてくれ、主に文通での交際を続け、二人の間では婚約も交わしたが、三年後、突然彼女は私から去って行った。アンドレ・ジードの「狭き門」のジェロームの悲哀を味わったが、彼女はアリサの如く「自分はイエス・キリストに生涯を捧げます。彼とお前とは進むべき道が違う、別れなさいと、祈る度にイエス様は仰るのです。もう抗えません」と言って婚約の破棄を告げた。アリサはややにして病死したが、私の元婚約者はその言葉通り独身を貫いて今日に至っている。

「青春の彷徨」の秋子とは、この痛切な失恋から一年ほどして出会った。姉の春子の容姿に、私はそぞろ、去って行った女《ひと》の面影を垣間見たのだろうか？　大人の女性を感じさせた春子に比べて、妹の秋子が不意に幼く見えたのは確かだ。同情して求められるままに婚約していたら、今度は私の方が早々に破棄して秋子と父親に一層の不義理を働くことになっただろう。

「海の音」は半ばフィクションであるが、前半の診療所にまつわる件は私が二十年来責を担っている診療所の、私が着任する前の実態をベースにしている。

後半のストーリーにも私の実体験が活かされている。

当地に来てまず困ったのが散髪である。どこか近くにいい所はないか看護婦に尋ねたところ、私が行っている美容師さんに頼んでみましょうか、と言ってくれた。

美容師は剃刀を扱えないのでお髭は剃れませんがそれでもよろしければということです、と看護婦。隔月に一度の割で当番が回って来る休日診療所の近くで勝手知った所でもあり、ほどなくその美容院を尋ねた。

看板に「愛花夢」とあった。洒落た名前だと思った。

美容師は年の頃四十半ば、職業柄か、農漁村地域のこの辺りには似つかわしからぬ垢抜けた感じの女性だった。

果せるかな、都会で働いていたのを数年前に辞めて郷里のこの地に戻り開業したと言う。母親と二人暮らしだというから独身に相違ない。

何度目かの散髪の折、聞きもしないのに、「もう男の人は要らないわ」と意味深なことを口にした。

何があったのか、想像が膨らんだが、敢えて探求はしなかった。剃刀を当ててもらえない物足りなさと、整髪がもうひとつ気に入らないことで、一年そこそこで他の散髪屋に転じてしまったから、結局彼女の青春の蹉跌は聞き及ばないまま終わった。

「海の音」の着想は、思えば十八歳、京都の大学に入った年に遡る。医学部の専門課程に入る前に二年の教養課程を経なければならなかったが、既述した通り物理、化学等、受験時代に苦しんだ科目を延長戦さながら課せられてうんざりしていた中に、唯一息抜きが出来たのが語学の講座であった。

英語の担当講師の一人が新入生の我々に配ったのは数枚のプリントで、タイトルは「TOMORROW」であった。邦訳すれば「明日」となるこの短篇小説に、私はややにして魅入られた。日本語特有の「てにをは」の妙を欠く英文には絶妙な名文などあり得ないと思っていたが、イギリスの海洋小説家コンラッドのこの短篇は心憎いばかりの名文だと思った。

物語はある鄙びた港町に住む老人と、隣の、些か頭《おつむ》が弱い所為か、既に婚期を逸しひとりでいる女の他愛ない会話で始まる。

老人も些か呆けている。垣根越しの話で老人は、自分にはマドロスになっているひとり息子がいる、もう何年も会っていないが、明日にはひょっこり帰ってくるかも知れない、そうしたらあんたを引き合わせる、気立てのいい男だからきっと気に入るだろう、息子もあんたを気に入って嫁にしたいと言うだろう、と、日課のように同じ話を繰り返した。

女は老人の話を真に受けて、いつしか、明日には本当に白馬の王子が現れるかもしれないと密かに胸を焦がすようになる。

だが、待てど暮らせど息子は現れない。老人の呆けも進んだかに見えるが、相変わらず老人は、「明日こそは、明日こそは息子が帰ってくるかも知れないよ」と嬉しそうに女に繰り返す。さすがに女もそれは老人の儚い妄想に過ぎず、有り得ないことだと思い出す。

そんなある日、庭に出た女は、毎日眺めていた海岸の方からマドロス姿の男がこちらに向かってくるのに気付く。

と、見る間に、男はどんどん近付いてきて、茫然と見すえる女の前で立ち止まると、

「隣の親父いるかい？」

と、にやついた顔で尋ねる。

「い、います」

我に返って女が答えると、

「じゃ、呼んで来てくれねえか、息子が一目なり顔を見たいと言って来ているってな」

娘は張り裂けそうな胸を抱えて隣に駆け込み、

「息子さんが帰って来たよ！」

と呼びかける。

老人が奥から出てきてそろっと顔を出し、女の背後を訝り見る。

「へーい、親父！　俺だよ、達者でいるかい？」

男は老人に近付きながら陽気に話しかけるが、老人はじっと訝り見たままだ。更に男が近付こうとした端、老人がやっと口を開く。

「あんたは息子じゃない！　息子は今日帰って来るはずがない、明日なんだ！　お前さん、あんな男に騙されちゃいけないよ！」

吐き捨てるように言い放つなり、老人は呆気に取られている女の目の前でピシャリとドアを閉じてしまう。

「ちっ！　くそ親父め！　折角顔を見せに来てやったのに、老いぼれちまいやがって！」

自分に向き直った女に、男はふてぶてしく言って踵を返す。

〝Ah just…（あ、ちょっと……）〟

女は慌てて呼び止めようとする。

〝moment（待って！）〟と続けたかったのだろう。しかし、男は「あばよ」と背を向けたまま返して海辺に向かって行く。

読了し終えたところで、教官は我々に試験を課した。

「作者は何故この小説に〝TOMORROW〟というタイトルをつけたのか？」

自明ではないか？　気立ての良い優しい心持ちだった青年のイメージと裏腹に、粗暴な言葉遣いでいかにも海の荒くれ者を思わせ様変わりした中年男を、老人は呆けも手伝って咄嗟には息子と思えなかったのだ。まして、これも呆けの為せるところで、息子が帰ってくるのを明日だと頑なに思い込んでいるところへ今日現れた人間を息子とは認められなかったのだ。

だがそんな自明の答を教官は期待したのだろうか？

私は全く別の答案を書いた。作者はキリストの再臨を暗喩したのではないか、と。ユダヤ教徒はイエス・キリスト誕生以前の旧約時代から、当時の神の遣いである預言者イザヤが再び現れて彼らの窮状を救うと信じてきた。彼らのバイブルである旧約聖書にはそう書かれてあるからである。しかしてそのイザヤは再臨の時雲に乗って地上に降り来ると。だから彼らは天を仰いではその日の訪れを待ち焦がれていたが、一向にその日は訪れなかった。

イスラエルの片田舎のベツレヘムで貧しい大工ヨセフと妻マリアとの間に男の子が誕生し、成長してイエス・キリストと名乗った彼は、自らを神より遣わされた者、他ならぬ神の子と称し、信奉者達は彼こそ再臨のイザヤ、救世主と崇めたが、救世主が人の子として女の胎から生まれるはずはない、救世主は天から雲に乗って来るものと頑なに信じていたユダヤ教徒は、神をかたる異端者としてイエスを糾弾し磔刑に処した。

翻って現代のキリスト教徒たちも同様の妄想に取り憑かれている、とコンラッドはこの小説で言いたかったのではあるまいか。即ち死んだはずのイエスは三日目に蘇り、弟子たちの前で天に昇って行った、その折、「お前たちは私が再び雲に乗ってこの地上に来るのを見るであろう」と予言して行ったと新約聖書には書かれている。それを文字通り信じて、再臨のキリストはいついつに天から現れるなどと預言者ぶった人間も出てきている。だが、そうして天を仰いでいる限り再臨のキリストを見ることはないであろう。もし救世主が来るとしたら、それは二千年前のイエスと同じく女の胎からオギャーと生まれ出た人物に相違ないのだからと、コンラッドは、現代の妄信者達をこの小説の老人にたとえて皮肉りたかったのではあるまいか？　大まか、そんなようなことを私は書いた。

片手が生まれながらの奇形の所為か、いつも着流しの和服の袖にその手を引っ込めて講壇に立ち、それにしても微塵もハンデを覚えさせず、学生には毎回プリントだが、自分は健常な手に原本のテキストを持って飄々といかにも楽し気に、独特のイントネーションで英文を読み上げて行くこの魅力的な講師は、私の穿った答案に満点をつけてくれた。

「白球は死なず」はほぼ百パーセントフィクションである。読者諸兄姉は、堂島はさておき、月尾のような人物が現実に存在することなど有り得ない、作者は夢物語を紡いだのだろうと思われるかも知れない。

だが、月尾逸人のモデルはいる。今は亡き父が高校野球の話題に及んだ時聞かせてくれた話に、その〝神の申し子〟ともいうべき人物がいた。

内村祐之《ゆうし》。明治時代に名を馳せた硬骨のキリスト者内村鑑三のひとり息子で、旧制一高、東大医学部時代に剛腕のサウスポーピッチャーとして鳴らし、早稲田、慶応を手玉に取って不世出の名投手と謳われた由。

医者としては精神病学を専攻し、三十九歳の若さで母校精神科の教授を拝命している。一九六二（昭和三七）年、学生時代の功績とその後の後進の指導者育成に尽力したことが買われてプロ野球コミッショナーに推挙され、最終的に野球殿堂入りを果たした。

高校球児を主人公にしたスポーツ小説を書きたいと思ったのは、かつては公立の進学校も覇者となり得たのに、近年は専らスポーツ優先の私学が甲子園を席巻し、試合の合間に宿舎で教科書を繙くような文武両道の球児はついぞ見聞きしなくなったからだ。たまに公立校が勝ち進むことはあるが、なかなか決勝にまでは進み得ていない。

しかし、高校野球史を探ってみると、公立校が優勝を遂げたことは皆無ではない。

私が学んだ愛知県立旭丘高校が、旧制愛知一中時代、一九一七年の第三回大会で優勝を遂げている。尤も、参加校は近年のように各都道府県から一校ずつ出て四七校を数えるような盛大なものではなく、僅か十二校で、しかも敗者復活制度により僥倖を得ての優勝だった。球場も甲子園ではなく鳴尾球場であった。

現神戸高校も旧制神戸一中時代、第五回大会で優勝を果たしている。この時も舞台は鳴尾球場で、参加校は十四校に過ぎなかった。

甲子園で大会が開かれるようになったのは一九二四（大正十三）年以降だったようだ。

第二次世界大戦後の高校野球（夏の大会）で公立校が優勝したのは、唯一、二〇〇七（平成十九）年の佐賀北高校である。

大学野球界でも文武両道の才人はいた。

少し古いところでは、NHKのニュースキャスター大越健介がいる。県立新潟高校で強肩の捕手として名を轟かせ、県大会ではベスト8の常連にまで母校を導きながら遂に一度も甲子園の土は踏めなかった。一浪して東大文学部に入学後投手に転じ、エースとして東京六大学で活躍、通算成績は八勝二七敗と敗けが込んだが防御率は三・五と良好で、味方の貧打に涙を呑んだことが窺われる。

方や、西の関西六大学に、まだ記憶に新しい新星が現れた。田中英祐。京大工学部に進んだ英才で、時速150キロ近い速球を武器に、東の東大と同じく一勝を挙げるのに四苦八苦していた京大で四年間に七勝二六敗と、大越健介と似たり寄ったりの成績を残した。

卒業の年、「表面力測定装置における溶媒和構造の逆計算理論」なる小難しいテーマの卒論に取り組みながら就活、大手総合商社三井物産への就職を求め内定の通知を得ていたが、異色の人材と見込んだプロ野球のスカウトマンに目をつけられ、ドラフト会議に乗せられて、二巡目でロッテが交渉権を引き当てると、田中は内定を蹴ってプロの世界に身を投じた。

二〇一五年のことである。

しかし、一軍での登板は入団した年の二試合のみで後はファーム暮らし、結局三年後に戦力外通告を受けプロ球界から姿を消した。球団は田中の頭脳を惜しんで将来の幹部候補生としてフロント入りを打診したようだが。

こうして見ると、本編の二人の主人公月尾逸人と堂島一馬は、あながち現実離れしたアニメの世界でしか見られないようなキャラクターでもなさそうだ。

早稲田、慶応をキリキリ舞いさせた内村祐之は、野球への情熱が医学へのそれを上回っていたら、あるいはプロ球界に身を投じて大投手になっていたかも知れない。

その内村と重ね合わせた主人公に月尾なる名を思いついたのは、私の高校の同期生に月尾嘉男なる男がいたからである。幸いクラスを同じくすることは一度もなかったが、その秀才ぶりはつとに聞こえてきていた。果せるかな、彼は現役で東大に入り、後年、教授に就任、数年前には退官して名誉教授となったが、現在もフリーの学者として活躍している。

早稲田の理工学部に進学させた堂島一馬のモデルの片鱗を、賢明な読者なら京大のエースだった田中英祐に見出してくれるだろう。

いつの日か、月尾や堂島のような真に文武両道に長けた若者がすい星の如く現れることを念じて止まない。その意味でこの物語に副題をつけるとすれば、「現代のメルヘン　高校球児の哀歓」とでもなろうか。

末筆ながら、小篇の刊行に踏み切って下さったアートヴィレッジの越智俊一社長に深甚の謝意を捧げたい。

同氏とのなれそめは、二〇〇八年に刊行された同社の異色の作品「イエスの涙」を購入しながら他書と共に積ん読状態であったのを、何気なしに書庫の片隅から取り出して繙くや、頁を繰る手が止まらなくなり、四百頁に余る同書を一気に読了、感動の余り、ピーター・シャビエルという著者の何者なるかを知りたくてお尋ねしたことがきっかけである。

邂逅の妙に改めて感謝したい。

令和二年秋

大鐘稔彦

著者プロフィール

大鐘稔彦　Ohgane Naruhiko

1943 年愛知県生まれ。京都大学医学部卒業。早くより癌の告知問題に取り組み「癌患者のゆりかごから墓場まで」をモットーにホスピスを備えた病院を創設、手術の公開など先駆的医療を行う。「エホバの証人」の無輸血手術をはじめ手がけた手術は約 6 千件。現在は淡路島の診療所でへき地医療に従事する。医学学術書の他、映画化されたベストセラー「孤高のメス」をはじめ小説やエッセイなど著書多数。

大鐘稔彦青春小説篇

白球は死なず

2021年1月15日　第1刷発行
著　者———大鐘稔彦
発　行———アートヴィレッジ
〒657-0846　神戸市灘区岩屋北町3-3-18　六甲ビル4F
ＴＥＬ. 078-806-7230　ＦＡＸ. 078-801-0006
ＵＲＬ. http://art-v.jp/

定価はカバーに表示してあります。2020年